AF216281

Aus dem Inhalt

Mitzis Geschichten sind eine Aufforderung zur Menschlichkeit und Liebe, am Beispiel von München und seinen Bewohnern. Die einfühlsame und kluge Beobachterin streift erzählend durch ihre Nachbarschaft und berichtet von amüsanten Situationen, nachdenklich stimmenden Begebenheiten und dem manchmal skurrilen Verhalten ihrer Mitmenschen.

Lesen Sie dieses Buch, wenn Sie schon immer wissen wollten,

- warum ein Bikinihöschen eine Nachbarschaftskrise auslösen kann,
- wie wichtig die Entscheidung zwischen rot und blau bei der Wohnungssuche in München sein kann,
- wo in München Schnecken neben Toast Hawaii auf der Speisekarte stehen,
- wie man ein Sofa mit dem öffentlichen Nahverkehr transportiert
- und warum man das Karma seiner Nachbarn besser nicht verbessern sollte.

Autorin

Mitzi Irsaj ist eine Münchner Autorin, Bloggerin und leidenschaftliche Geschichtenerzählerin. Seit Anfang 2015 veröffentlicht sie ihre Erzählungen auf dem gleichnamigen Blog und liest regelmäßig im Rahmen der Lesereihe des Münchner Theaterensembles Südsehen (http://www.suedsehen.de).

Mitzi aus dem Vorderhaus, 2.Stock
Von Herrn Meier, Paul und den anderen

Mitzi Irsaj

Bibliografische Information der Deutschen Nationalbibliothek
Die Deutsche Nationalbibliothek verzeichnet diese Publikation
in der Deutschen Nationalbibliografie, Details sind unter http:
//dnb.d-nb.de abrufbar.

Mitzi aus dem Vorderhaus, 2.Stock
© 2017 Mitzi Irsaj
Alle Rechte vorbehalten.

ISBN: 9783744815093

Text: Mitzi Irsaj

Umschlagbild: Mira Alexander, http://www.miraalexander.de

Illustration: Mira Alexander, http://www.miraalexander.de

Satz: Mira Alexander, http://www.miraalexander.de

Drucker: © 2017

Herstellung und Verlag: BoD – Books on Demand, Norderstedt.

Kontakt: Tanja Ullmann, Rathausstraße 5, 82024 Taufkirchen

INHALTSVERZEICHNIS

1

ROT ODER BLAU – DIE GIESINGER GRETCHENFRAGE

Wer sich in München nach einer Wohnung umsieht, benötigt neben einem robusten Nervenkostüm und sehr viel Zeit vor allem Glück. Großes Glück. Um nicht zu sagen ein schon fast unverschämtes Glück. Der Wunsch ans Universum schadet nicht, wird von diesem aber meist mit einem gleichgültigen Schulterzucken honoriert und ist ähnlich erfolgreich wie der feste Vorsatz, am Mittwochabend im Lotto zu gewinnen. Um in München an eine Wohnung zu gelangen, braucht es mehr. Ohne die ganz besondere, kaum zu beeinflussende Verbindung zwischen Vermieter oder Makler und Wohnungssuchendem wird kaum ein Vertrag unterzeichnet. Natürlich ist es von Vorteil, wenn weder Kinder noch Haustiere vorhanden sind und das Gehalt regelmäßig fließt. Noch wichtiger aber ist, dass die Chemie stimmt zwischen den beiden Parteien, die fast schon mit dem leisen Knistern eines angehenden Liebespaares vergleichbar ist.

Ich will nicht behaupten, dass sich mein Vermieter in mich verliebte, als er mich an einem Donnerstagabend zwischen fünfundzwanzig Interessenten herauspickte, aber sympathisch waren wir uns nach den ersten zwei Sätzen. Ob ich rot oder blau bin, wollte er wissen, und lächelte mich dabei unschuldig, wie ein gutmütiger Großvater, an. In jedem anderen Münchner

Stadtteil ist die Wahrscheinlichkeit, einem Anhänger des FC Bayern gegenüberzustehen, recht hoch. In Giesing nicht. Fußballtechnisch ist Giesing ein Minenfeld. Auf der einen Seite das Sechziger Stadion – Wahrzeichen des Viertels – und auf der anderen Seite, an der Grenze zu Harlaching, das Trainingsgelände der Bayern. Für Wohnungssuchende in Giesing ist die Frage nach Rot oder Blau die Gretchenfrage schlechthin. Kommt die Antwort nicht prompt, rückt die Traumwohnung in weite Ferne. In Giesing wird selbst das Münchner Kindl zum Fußball-Fan. Auf einem Graffito an der Hauswand an der Tegernseer Landstraße ist es mit den Fahnen der beiden Vereine in den Händen abgebildet. So viel Fußball-Harmonie findet man in diesem Viertel sonst selten. In einem Stadtteil, in dem rote Parkbänke von Fans des TSV 1860 in einer Nacht-und-Nebel-Aktion blau überstrichen werden, muss man sich, ob man will oder nicht, klar positionieren.

Obwohl mir Fußball herzlich egal ist und sich mein Desinteresse auch in Zeiten von Europa- oder Weltmeisterschaften nicht verringert, war meine Antwort klar und frei von Zweifeln. Wer in einem Kinderzimmer aufgewachsen ist, dessen Wände nachts regelmäßig taghell vom Flutlicht des Sechziger Stadions erleuchtet wurden, kann nur eine Antwort parat haben. Blau. Ganz klar. Der Vermieter lächelte, und als ich ihm vom nächtlichen heimlichen Lesen im Flutlicht erzählte, nickte er versonnen. Ob ich sie wolle, die Wohnung, fragte er, und ich hatte das unverschämte Glück, den Zuschlag unter gefühlten einhundert Mitbewerbern zu bekommen. Drei Monatsmieten für den Makler ärmer, drei Jahrzehnte Leben in ein paar Dutzend ramponierte Kartons verpackt und knöcheltief in den Trümmern einer vergangenen Beziehung stehend, war ich wieder zu Hause. Ich war zurück in meinem Viertel. Nach Jahren der teils freiwilligen, teils gezwungenen Abstinenz wurde ich wieder Giesingerin. Blaue Giesingerin, wie mein Vermieter bei der Schlüsselübergabe betonte. Meinetwegen auch blau. Das passte zu dem wolkenlosen Himmel am Tag der Mietvertragsunterzeichnung und, wie ich später feststellen sollte, noch besser zum Zustand meiner Nachbarn, wenn sie die Kneipe im Erdgeschoss verließen. Zurück in München. Wieder in Giesing. Ein schönes Gefühl. Es hielt an, bis Frau Obst an meiner Tür klingelte und mir Folgendes mitteilte:

»Erstens: Der Teppich im Laubengang gehört mir. Wenn Sie darauftreten, dann saugen Sie ihn auch einmal in der Woche. Zweitens: An ihrer Türe fehlt der Name. Wenn Sie hier wohnen, dann will ich wissen, wie Sie heißen. Drittens: Mein Name ist Obst. Frau Obst. Ich wohne nebenan, und wenn Sie noch Fragen haben, dann stellen Sie mir die, sobald Sie einen Namen haben. Grüß Gott.«

Ich habe einen Namen. Sogar einen Vornamen. Bis heute interessiert sich Frau Obst aber weder für den einen noch für den anderen. Sie nennt mich »Sie!«. Einmal mit und einmal ohne Ausrufezeichen. An schlechten Tagen bin ich »Sie da!« und an guten »Mei, Sie … « Großes Interesse legt Frau Obst dagegen an den Tag, wenn es um den gemeinsamen Teppich im Laubengang, die Sauberkeit im Waschkeller oder die Hausordnung geht. Letztere erhielt ich am Abend meines Einzugs von ihr persönlich. Sie schob mir einen Ausdruck unter der Türe durch und verschwand, bevor ich mich bedanken konnte. Frau Obst war die erste Nachbarin, die ich kennenlernte. Der Rest stellte sich in den folgenden Monaten etwas freundlicher vor. Herr Meier aus dem ersten Stock zum Beispiel. Der war durchaus interessiert und grüßte mich mit einem »Und wer sind Sie?«, nachdem ich ihm einen guten Morgen gewünscht hatte. Erwidert hat er den Gruß nicht. Aber mit dem Kopf genickt. Das war mehr als Herr Krüger. Der wohnt direkt unter mir und hat mir bis heute nicht einmal in die Augen gesehen. Frauen machen ihn nervös. Das weiß ich, weil es mir seine Mutter einmal im Lift erzählt hat. Sie muss es wissen. Sie teilt sich seit fünfzig Jahren mit Herrn Krüger eine Wohnung. Überhaupt nicht nervös im Umgang mit Frauen ist Paul Kleiber, ein Nachbar aus dem Hinterhaus und sporadischer Untermieter meines Tiefgaragenstellplatzes. Der Aushang am schwarzen Brett lockte Paul wenige Wochen nach meinem Einzug in den zweiten Stock zu mir. Neben dem Preis für den Stellplatz interessierte ihn vor allem, ob ich allein wohnen würde, wie alt ich sei und ob ein generelles Interesse an einem Feierabenddrink bestehen würde. Dass ich damals ablehnte, nimmt Paul mir noch heute übel und verzichtete im Jahr meines Einzugs darauf, mein Garagenuntermieter zu werden. Obwohl Parkplätze bei uns Mangelware sind, hielt Paul es wohl für eine Ehre, seine alte Karre bei mir unterzustellen. Eine Ehre, die er an diesem Abend demonstrativ versagte. Er nannte mir nicht einmal seinen Namen. Wir kamen erst einige Jahre später ins Geschäft, und noch heute überweist er die Miete für den Stellplatz als Strafe für mein anfängliches Fehlverhalten grundsätzlich erst drei bis acht Tage nach dem vereinbarten Termin. Davon abgesehen gehört er längst zu den Lichtblicken und den liebgewonnenen Konstanten in meinem Haus. Paul ist übrigens begeisterter Anhänger des FC Bayern München – und damit rot.

So rot wie meine Wangen gerade werden, fügte er an, als ich die Frage stellte, um eine unangenehme Stille im Lift zu überbrücken. Ich nahm ihm den Kommentar übel und lasse ihn zur Strafe jedes Jahr im Herbst ein wenig schmoren, bevor ich den Mietvertrag für den Tiefgaragenstellplatz verlängere. Trotzdem war es gut, die Frage gestellt zu haben. Sie erklärt, warum es mit Paul und mir so kompliziert ist – Rot und Blau, das geht selten gut. Das ist wie Rot und Schwarz und in München jenseits des Fußballes ebenfalls eine Glaubensfrage.

GANZ UMSONST

Seit einigen Monaten verfolge ich mit großer Freude den Twitter-Account des Berliner Nahverkehrs. Der tägliche Wahnsinn der Benutzung öffentlicher Verkehrsmittel in einer Großstadt wird hier mit 140 Zeichen von den Betreibern herrlich selbstironisch und sarkastisch dargestellt. Meines Wissens hat der MVG, das Münchner Pendant, aktuell keinen solchen Account. Sollten die Verkehrsbetriebe jemals mit dem Gedanken spielen, einen zu eröffnen, werde ich mich umgehend im Social-Media-Team bewerben. Ich bin perfekt für diesen Job, und ohne arrogant klingen zu wollen, möchte ich behaupten, dass es nichts, aber auch gar nichts gibt, was ich in einem Bus, einer U- oder S-Bahn oder einer Tram noch nicht erlebt habe. Die Benutzung der öffentlichen Verkehrsmittel gehört zu einer meiner größten Leidenschaften. Während des Studiums konnte ich mir kein Auto leisten, heute will ich keines und gehe sogar so weit, meine Wohnung so zu wählen, dass ich das Angebot des MVG in seiner ganzen Breite ausschöpfen kann. Tram, Bus und U-Bahn müssen zu Fuß erreichbar sein. Die Benutzung ist großes Kino für verhältnismäßig kleines Geld. Zugegeben, es brauchte seine Zeit bis ich das begriff.

Für meine Monatskarte des Münchner Nahverkehrs bezahle ich über 70 Euro. Bis vor kurzem habe ich mich über diesen hohen Preis geärgert. Es ist ein bisschen viel für regelmäßige Verspätungen, unangenehme Geruchsbelästigungen und missmutige Gesichter, die einem den Tag schon vor 7.00 Uhr morgens verderben. Erst vor kurzem habe ich entdeckt, dass mir für 70 Euro monatlich weit mehr geboten wird. Damit meine ich nicht die lächerlichen Nachrichtenfragmente, welche auf den kürzlich installierten Monitoren in den U-Bahnen zu lesen sind. Ich bekomme auch keinen Rabatt und keine Mitgliederzeitung. Ich bekomme etwas viel Besseres.

Das Unterhaltungsprogramm des Münchner Nahverkehrs ist vergleichbar mit einem Bonusprogramm, in dessen Genuss nur langjährige Mitglieder kommen. Die ersten 30 Jahre kann man damit noch nichts anfangen. Da ärgert man sich über die harschen Zurechtweisungen eines Busfahrers, die Verspätungen und den Horror, wenn man mit den Öffentlichen zu einer Prüfung fahren muss. Man kann über die Nacht-Linien noch nicht lachen und weiß noch nicht, dass sie synonym für »Geh zu Fuß, du naiver Idiot« stehen. Es ist eine Freude! Man kann sie nur noch nicht wirklich genießen. Nach über einem Vierteljahrhundert sieht das anders aus. Dann beginnt man, den Wahnsinn zu lieben, und ist ein Teil von ihm geworden. Nach 30 Jahren versucht man gar nicht mehr, die Stoßzeiten zu vermeiden. Ganz im Gegenteil. Man wählt mit Bedacht die am stärksten frequentierten

Zeiten des Nahverkehrs, um ein Teil von ihm zu sein. Experten schaffen sich extra große Rücksäcke an, um täglich aufs Neue mit den Schulranzen zu konkurrieren und sie den bemitleidenswerten Idioten, die keine haben, gegen den Bauch oder ins Gesicht zu rammen. Mindestens einmal im Jahr sollte man versuchen, Christbäume, Gardinenstangen und Möbelstücke zu transportieren, oder versuchen, zwischen 6.30 und 9.00 Uhr werktags ein Fahrrad in die U-Bahn zu stopfen. So richtig dazu gehört man erst, wenn es einem gelungen ist. Oder bei Goldmitgliedschaften. Die bekommt man nach 60 Jahren und darf sich dann mit dem Rollator am Spaß beteiligen oder mit dem Krückstock zuschlagen. Nur gegen die Schienbeine der anderen Fahrgäste natürlich, und nur, wenn man zugleich altersmilde und etwas verwirrt lächelt.

Ich selbst bin ja noch nicht lange Ehren-Mitglied. Dass ich diesen Status schon erreicht habe, wurde mir erst vor einigen Wochen bewusst. Da stand ich in der völlig überfüllten U-Bahn, und wir steckten im Tunnel fest. Nach 5 Minuten kam die Durchsage, dass die Stammstrecke der S-Bahn gesperrt sei. Schon seit einer Stunde. Neben mir begann eine junge Frau wütend zu schnauben. Warum der Idiot von U-Bahn-Schaffner das nicht schon eine Station früher durchgesagt habe. Da hätte man schließlich noch umsteigen und das Nadelöhr der Stammstrecke umgehen können. Warum er nichts sagte, wenn es schon seit einer Stunde so sei. Wir, die wir gute 15 Jahre mehr auf dem Buckel hatten, sahen sie mitleidig lächelnd an. Und auf einmal ahnte ich, dass ich jetzt endlich den Status eines vollwertigen MVG-Nutzers erreicht hatte. Umfahren? Bin ich des Wahnsinns? Ich will da rein! Ich will ein Teil von ihm sein.

Dass ich es längst bin, zeigt sich daran, dass mich MVG-Mitarbeiter nicht mehr ansprechen. Eigentlich sind diese Mitarbeiter unsichtbar. Die Informationsschalter sind immer geschlossen, und wenn man eine Frage hat, dann muss man sich eine App herunterladen. Sichtbar werden sie nur, wenn wirklich gar nichts mehr geht. Dann rückt diese geballte Kompetenz des Münchner Nahverkehrs aus. Deutlich erkennbar durch Uniformen in Einheitsgrößen. Das muss so sein, denn es gehört zum Rahmenprogramm, auf das ich mich mit jeder Station mehr freue. Herrlich, der 1,93 Meter große Herr in Hochwasserhosen und Hemdknöpfen, die seinen Bauch kaum halten können. Reizend auch der kleine, schmächtige, der die Hosen bei jedem dritten Schritt nach oben ziehen muss und in der Uniformjacke fast verschwindet. Oder die Dame – wir legen in München Wert auf Gleichberechtigung –, die mit forschem Schritt die zu enge Hose aus ihrem ausladenden Gesäß zu zupfen versucht. Zu dritt schreiten sie über den Bahnsteig und ignorieren die Münchner. Die kommen schon irgendwie zurecht. Sie suchen sich gerne Gruppen von Italienern oder Asiaten, die hilflos auf die Anzeigetafeln blicken und sich wundern, warum seit einer Stunde kein Zug einfährt. Dann fragen sie mürrisch lächelnd:

»Need help?«

»Si, grazie!« oder »Yes, please!«

So leicht ist das in München beim MVG nicht. Die Antwort kommt prompt: »No Änglisch«, und die drei gehen weiter. Man will uns Monatskarten-Abonnenten ja teilhaben lassen, und irgendein Ortskundiger wird dem armen ausländischen Volk schon erklären, wie es zum Flughafen kommt. Das ist Mitmach-Theater, und alte Damen mit Rollatoren kommen so auch mal wieder zu zwischenmenschlichen Kontakten. Vornehmlich am Abend. Gerne mag ich eine, die ich schon öfter sah. Ich bin überzeugt davon, dass sie eigentlich kein Englisch spricht. Aber sie kann mittlerweile ganz gut den Weg zur Bayernkaserne erklären. Da mussten in letzter Zeit viele am Hauptbahnhof gestrandete Flüchtlinge hin. Zu denen ist das Kompetenz-Team des MVG eigentlich ganz freundlich. Das hilft aber nicht viel, weil sie selbst nicht wissen, wie man da hinkommt. Man könnte den armen Menschen natürlich einen U-Bahn-Plan geben oder genau aufzeichnen, wie man da hinkommt. Machen wir aber nicht. Wir schreiben nur eine Adresse auf, und die steht auf keinem U-Bahn-Plan. Das einzig Gute daran ist, dass wir so ins Gespräch kommen. Auch die Rollatoren-Dame weiß mittlerweile, was rot (die Farbe der richtigen Linie) auf Englisch heißt, und kann die Orientierungslosen wenigstens auf das richtige Gleis

15

schicken. Andere erklären, dass sie zwei Mal umsteigen und dann noch ein ganzes Stück zu Fuß weitermüssen. Manchmal bringt sie auch einer hin. Um diese armen Gruppen kümmern wir uns. Für Touristen fühlen wir uns nicht zuständig. Ich muss zugeben, dass wir da eher grinsend beobachten, wie die versuchen, am Informationsschalter Hilfe zu bekommen. Herzzerreißende Dialoge. Ich hab' es einmal auf Deutsch übersetzt, denn dieses grausame Englisch kann ich nicht wiedergeben:

»Zum Flughafen?«

»Ja.«

»Wie komme ich da hin?«

»S-Bahn.«

»Welche muss ich denn nehmen?«

»Störung.«

»Was bedeutet das für meinen Flug?«

»Nix Gutes.«

Sollten Sie einmal in München festhängen, halten Sie nach mir Ausschau. Ich helfe Ihnen schon weiter. Aber eigentlich sollten Sie einfach sitzen bleiben und das Spektakel ein bisschen genießen. Sonst lohnen sich die 12,80 Euro zum Flughafen nicht.

EIN ZWEITER BLICK

Manchmal ist es gar nicht nötig, sich eine Fahrkarte zu besorgen. Nicht wenige Münchner nutzen das Angebot des öffentlichen Nahverkehrs auch zur Kontaktaufnahme und beschränken sich hierbei auf die Nutzung der Wartehäuschen an den Haltestellen. Hier findet man die Münchner, die nirgends hinmüssen und auf die zuhause womöglich niemand wartet. Sie machen es richtig. Anstatt sich allein vor den Fernseher zu setzen, gehen sie raus und unter die Leute. Gerade an Bushaltestellen trifft man von ihnen besonders viele. Von den Leuten. Jene, die ein Ziel haben, und jene, die keines haben.

Er hätte jetzt eine Katze, teilte mir ein etwa siebzigjähriger Mann vor einigen Wochen mit. Ich kannte ihn nicht und stand nur zufällig morgens an der Bushaltestelle, auf deren Bank er saß. Neben sich ein Trolli zum Transportieren von Einkäufen und in den Händen ein Smartphone, lächelte er mich freundlich an und deutete auf das Display, auf dem ein Foto der Katze zu sehen war.

Frühmorgens schlägt mir schaler Biergeruch schnell auf den Magen. Das freundliche und aufgeregte Lächeln des alten Mannes ließ mich darüber hinwegsehen, und ich setzte mich neben ihn. Im Juli ist die Luft um kurz vor sieben Uhr noch klar und frisch genug, um für den nötigen Ausgleich zu sorgen. Seine Katze hieß Muschi, sagte er mir und lachte verschmitzt, als er zugab, sie nach Edmund Stoibers Frau benannt zu haben. Die Katze meiner Großeltern hieß auch Muschi. Aber nicht wegen Stoiber, sondern weil es in den siebziger Jahren ein gängiger Katzenname war. Ich glaube, er ist aus der Mode gekommen. Muschi ist eine hübsche Katze und wohnt vermutlich schon länger bei dem alten Mann als sein Telefon, auf dessen Display noch die Schutzfolie klebt. Ich sah mir seine Katze an, und weil sie ihm so wichtig war, stimmte ich gerne zu und bestätigte, dass es eine ausgesprochen hübsche Katze war.

Das Foto der Katze war das, was auch eine Bemerkung über das Wetter sein kann. Die Möglichkeit, mit einem fremden Menschen ins Gespräch zu kommen. Ich hörte, dass Muschi Trockenfutter nicht mag und er das Vieh so sehr ins Herz geschlossen hat, dass er sie mit dem teuren Katzenfutter aus der Werbung verwöhnte. Das würde Muschi so gerne fressen und er ihr so gerne dabei zusehen. Ich erfuhr noch viel von Muschi, bevor der Bus kam. Wie ich vermutete, stieg der alte Mann nicht ein. Er blieb sitzen und wartet auf den nächsten Fahrgast, um auch ihm ein Bild der Katze zu zeigen und ein bisschen zu ratschen. Ich finde, dass man solchen Haltestellengesprächen auf keinen Fall aus dem Weg gehen darf. Wer weiß, ob man nicht selbst irgendwann früh morgens allein auf einer Bank sitzt und sich einfach nur ein wenig unterhalten möchte.

Im Sommer fahre ich anstelle der U-Bahn ein Stück mit dem Bus. Mehr frische Luft und neue Gesichter. Eines davon ist Muschis Besitzer. Ich weiß nicht, wie er heißt, aber ich sehe ihn seit diesem Morgen jeden Tag. Wir kennen uns jetzt, und er winkt mir meistens schon zu, wenn ich komme. Muschis Besitzer und ich mögen uns, ohne uns zu kennen. Man neigt dazu, das erste freundliche Lächeln des Tages zu mögen. Im Laufe der Sommerwochen lernte ich Herrn Muschi auch aus anderen Gründen gernzuhaben. Er hatte fast immer etwas zu erzählen und konnte seine kleinen Geschichten in wenigen Minuten berichten. Es ist eine große Kunst, Erzählungen so zu komprimieren, dass sie beendet sind, wenn der Bus kommt. Schaffte er es einmal nicht, dann gab es am nächsten Tag die Fortsetzung. Bis in den Herbst hinein werde ich den Bus noch der U-Bahn vor-ziehen und bis dahin sicher erfahren, warum Muschi bei ihm gelandet ist, wo er doch eigentlich Hunde viel lieber mag. Seit Mitte August nenne ich ihn in Ge-danken Herrn Mu. Der Name seiner Katze passt nicht zu ihm, denn seine Statur gleicht vielmehr der eines Bären. Ich bin gespannt, wo der Bär namens Mu seinen Winterschlaf halten wird. Sicher wird er bei fallenden Temperaturen nicht mehr an der Bushaltestelle sitzen. Weder er noch sein Freund, der an vielen Tagen eben-falls dort sitzt. Dann winkt Herr Mu nur und erzählt seine Geschichten seinem Freund. An manchen Tagen bin ich spät dran. Dann verpasse ich Herrn Mu, der gegen acht Uhr morgens weiterzieht. Vielleicht nach Hause zu seiner Frau, vielleicht in ein Café, und vielleicht auch zur Trambahnstation, wo mehr Gesprächspartner auf ihn warten.

Herr Mu ist ein schönes Beispiel für Menschen, bei denen sich ein zweiter Blick lohnt. Ich bin sicher, dass es einige Menschen in unserem Viertel gibt, die sich freuen, wenn sie ihn sehen. Der leichte Biergeruch ist nicht mehr abschreckend, wenn man denn alten Herren näher kennenlernt. Ein Mensch, der so offen und liebenswürdig ist wie Herr Mu, ist eine Bereicherung. Montag frage ich ihn nach seinem Namen. Dann werde ich ihm auch etwas erzählen. Heute erfuhr ich wunderschöne Neuigkeiten. Eine kleine Geschichte über das Leben und die Wunder und Überraschungen, die es bereithält. Ich glaube, Herr Mu wird sie zu schätzen wissen.

ZAHNLOSER SCHEISSER

Ein Mietshaus ist nur dann eine vollständige Gemeinschaft, wenn in mindestens einer Wohnung ein Baby brüllt. Von Vorteil ist es aber, wenn die Wände der Babywohnung nicht direkt an die eigenen anschließen. Bisher hatte ich in all meinen Wohnungen Glück und konnte mich über den neuen, winzigen Besucher von ganzem Herzen freuen und die Mutter zu neuen Zähnen oder überstandenen Koliken beglückwünschen, ohne selbst um den Schlaf gebracht worden zu sein. Vom Neuzugang unseres Hauses wollte ich bei Gelegenheit ein Foto schießen, um es Herrn Mu an der Bushaltestelle zu zeigen. Herr Mu mag alles, was klein, hilflos und ohne Zähne ist. Anders kann ich mir die innige Freundschaft zwischen ihm und dem gebückt gehenden, zahnlosen Penner, dem er jeden Morgen eine Rosinensemmel kauft, nicht erklären. Herr Mu, so dachte ich, wird sich mit mir über die Ankunft des Kleinen freuen. Jedenfalls mehr als der Rest des Hauses. Der ignorierte Kind und Mutter mit einer fast schon unangenehmen Gleichgültigkeit.

Es kann nicht nur am Geschrei liegen. Nicht in einem Haus, in dessen Erdgeschoss sich eine Kneipe befindet, die unter Kennern als Treffpunkt für Menschen mit schlechtem Musikgeschmack gilt. In unserer Kneipe ist es nicht die Auswahl der Lieder, die den Bewohnern schlaflose Nächte bereitet, sondern die Vorliebe des Wirtes, einzelne Titel an einem Abend immer und immer wieder zu spielen. Letztes Jahr im Sommer liefen Helene Fischers Atemlos, Griechischer Wein und Volare in einer so penetranten Dauerschleife, dass meine Nachbarin Judith gegen Mitternacht im Morgenmantel auf dem Balkon stand und schreiend darum bat, man möge sie doch bitte erschießen. Ihr Wunsch wurde nicht erhört, aber zwischen Atemlos und Griechischem Wein wurde das Kufstein-Lied eingeschoben, um die Penetranz der Monotonie ein wenig aufzulockern. Ein bisschen Babygeschrei fällt in meinem Haus also gar nicht auf. Besonders nicht im Sommer. Da beschallt uns im Vorderhaus die Schlagerkneipe, und der Hof wird von den Studenten-Wohngemeinschaften abwechselnd mit Rammstein und Techno-Musik akustisch verschönert. Gerne zur gleichen Zeit. Spätestens zum Oktoberfest sind wir alle so abgestumpft, dass uns selbst die musikalische Auferstehung von DJ Bobo nicht mehr die Laune verderben könnte. Es blieb mir daher lange ein Rätsel, warum Mutter und Kind von fast allen Nachbarn so konsequent ignoriert wurden. Ich war die Einzige, die sich regelmäßig nach neuen Zähnchen, Konsistenz des Stuhlgangs und Problemen bei der Krippenplatzsuche erkundigte.

Um ehrlich zu sein, erkundigte ich mich nicht direkt. Ich war einfach nicht schnell genug, um Frau Karl, der Mutter, zu entwischen, bevor sie zu erzählen begann.

Eine ganze Ladung Buntwäsche wurde gewaschen, während ich mir im Waschkeller geduldig anhörte, dass die Apotheken in unserem Viertel die Milchpumpen unverschämt teuer vermieteten. Bevor ich Frau Karl kennenlernte, wusste ich nicht einmal, dass solche zu mieten waren. Ich wusste auch nicht, dass das Ablecken des Schnullers von der eigenen Mutter unhygienisch ist, und es war mir neu, dass Wegwerfwindeln zu den größten Müllverursachern in Deutschland gehören. Gerne hätte ich darauf verzichtet, zu hören, dass vor meinen Geschirrtüchern die vollgekackten Stoffwindeln des kleinen Emanuel in den Waschmaschinen ausgekocht wurden. Das ist schon okay. Müllvermeidung ist mir auch wichtig. Dennoch gehört es zu den Dingen, die okay sind, über die ich aber nicht allzu genau Bescheid wissen möchte. Dazu gehören auch entzündete Brustwarzen, Dammschnitte und unregelmäßig Zyklen von Frauen, mit denen ich nicht eng befreundet bin. Diese Dinge hört man sich nur an, wenn keine Möglichkeit auf Flucht besteht. Im Aufzug zum Beispiel, oder an der Supermarktkasse. Den kleinen Emanuel habe ich übrigens seit seiner Ankunft noch nie zu Gesicht bekommen. Der kleine Wonneproppen hat einen gesunden Schlaf, den Frau Karl bewacht, indem sie eine Stoffwindel über den Kinderwagen hängt, damit ihn weder neugierige Blicke noch Sonne und Wind stören.

Der kleine Emanuel ist jetzt etwa drei Jahre alt und liegt noch immer im gleichen Kinderwagen wie bei seiner Ankunft. Auf wundersame Weise wächst er nicht, und noch nie hat ihn jemand schreien gehört. Frau Karl aber wird nicht müde, noch immer über Stillprobleme und das Wunder der Geburt zu berichten. Emanuel ist so etwas wie der unsichtbare Freund für kleine Kinder. Niemand sieht ihn, aber für einen Menschen ist er von ganz besonderer Wichtigkeit. Ich habe etwas länger als meine Nachbarn gebraucht, bevor ich begriffen habe, dass der Kinderwagen leer und das Baby nur im Kopf meiner Nachbarin existiert. Seit ich es weiß, erkundige ich mich freiwillig nach dem Kleinen. Ein kurzes Gespräch bricht mir keinen Zacken aus der Krone, und Frau Karl freut sich, wenn sie über das nicht vorhandene Kind sprechen kann. Je länger der Kinderwagen durch unser Treppenhaus geschoben wird, umso mehr Nachbarn lächeln und grüßen Mutter und Kind. Manchmal braucht es etwas Zeit, bevor das Ungewohnte alltäglich wird. Nur an der Bushaltestelle, an der Frau Karl manchmal sitzt, kennen sie noch nicht alle. Neulich wollte einer das Stofftuch zur Seite schieben, um Emanuel zu sehen. Da sprang Herr Mu zu Hilfe und herrschte den interessierten Spaziergänger an, ob dieser denn noch nie davon gehört hätte, dass direktes Sonnenlicht einem kleinen Kind schaden würde.

Ich hatte übrigens Recht. Herr Mu mag den Kleinen und nennt ihn »zahnloser Scheißer«. Er versichert Frau Karl oft, dass Emanuel das hübscheste Baby ist, das er je gesehen hat. Verstehen Sie jetzt, warum ich Herrn Mu so gernhabe?

Walnüsse von Herrn Meier

Seit einiger Zeit liegen in meinem Briefkasten regelmäßig ein paar Walnüsse. Meistens sind es nur zwei oder drei Stück. An guten Tagen auch einmal fünf. Da mein Briefkasten nur noch selten handgeschriebene Briefe oder Postkarten für mich bereithält, sind diese Nüsse ein großes Glück. Herr Meier steckt sie durch den schmalen Schlitz und lässt sie zu den Rechnungen und den Broschüren meiner Krankenkasse fallen. Dort lockern sie den restlichen Inhalt angenehm auf. Rechnungen mag niemand. Broschüren über die Wechseljahre nur Frauen, die über Nacht und ohne Vorwarnung in diesen Zustand gerutscht sind. Dann fragen sie sich, ähnlich wie bei der ersten Menstruation, was der Scheiß denn nun wieder soll, und sind froh um einen Ratgeber. Ich gehöre nicht zu ihnen. Ich bin eine Frau, die nachts noch keine Hitzewallungen hat und die sich nicht aufgrund des lauten Tickens ihrer inneren Uhr schlaflos im Bett wälzt. Wenn ich nicht vom penetranten Geschepper eines Windspiels um den Schlaf gebracht werde, gehöre ich zu den Menschen, die tief und fest schlafen, noch bevor ihr Kopf einen Abdruck im Kissen hinterlassen kann.

Wenig hält mich wach. Auch das ist, wie die Nüsse von Herrn Meier, ein großes Glück. Bevor ich die Nüsse bekam, hielt mich ab und zu mein damaliger Freund wach. Dann konnte es zu Hitzewallungen und Wälzen ohne Schlaf kommen. Nach Rücksprache mit meiner Krankenkasse war das aber völlig normal. Alles andere als normal war das Windspiel meines Nachbarn. Herr Meier wartete mit der Befestigung des blechernen Dings, bis der Wetterbericht die ersten heftigen Herbststürme ankündigte. Es sollte sich wohl die ganze Nachbarschaft am sanften Klang erfreuen. Ich weiß nicht, wie es die anderen Hausbewohner sahen, aber mich erfreute Herr Meier damit nicht. Im Gegenteil. Schon in der dritten Nacht überlegte ich, ob ich mich mit dem Besen in der Hand weit genug über den Balkon lehnen könnte, um das Ding wie einen Eiszapfen einfach abzuschlagen. Falls man sich fragt, warum ich nicht einfach bei Herrn Meier geläutet habe – es war nach Mitternacht, und um diese Uhrzeit läute ich nur ungern bei meinen Nachbarn. Es könnte ja sein, dass sie bereits schlafen, und ich lege Wert auf einen rücksichtsvollen Umgang.

Mein Freund nahm mir den Besen aus der Hand und meinte, das sei wohl ein wenig überzogen. Weil er Recht hatte, aber nicht Recht haben durfte, stellte ich den Besen wieder in den Schrank und hielt stattdessen auch ihn vom Schlafen ab. Schlief er dennoch ein, weckte ich ihn, um ihm mitzuteilen, dass ich bei dem Krach nicht schlafen könne. Mein Freund ist ein geduldiger Mann. So geduldig ein Mann eben ist, wenn er im Abstand von 30 Minuten aus dem Schlaf gerissen wird. Er war also nicht geduldig, sondern von mir, dem Windspiel und Herrn Meier hochgradig genervt. Eigentlich war er nur von mir genervt. Weil ich ihn nach unten zu Herrn Meier schickte. Er ging. Im Pyjama. Der Pyjama meines Freundes bestand in der Regel aus einer Boxershorts mit fragwürdiger Farbgebung und schwarzen Socken. So stand er kurz vor Mitternacht vor Herrn Meiers Tür. Das folgende Gespräch konnte ich durch das hellhörige Treppenhaus und den hübschen Hall, der jedes Geräusch verstärkt, deutlich mitverfolgen. Die restlichen 20 Parteien vermutlich auch.

»Guten Abend. Ich bin Benjamin. Meine Freundin wohnt schräg über Ihnen und ich möchte mit ihr schlafen.« An dieser Aussage war nichts falsch. Ich fragte mich allerdings, warum er das Herrn Meier und nicht mir sagte. Herr Meier wunderte sich auch. Das weitere Gespräch verlief wie folgt:

»Nein, sie verstehen nicht. Ich möchte, dass meine Freundin schläft. Dann kann ich auch schlafen.«

»Sie möchten nicht mit ihrer Freundin schlafen?«

»Nein. Doch. Aber nicht jetzt. Jetzt möchte ich einfach nur neben ihr schlafen.«

»Sagen sie ihr, dass Sie Kopfschmerzen haben.«

»Warum?«

»Dann lässt sie sie in Ruhe. Wenn sie Glück haben.«

»Mir wäre es recht, wenn sie einfach schlafen würde.«

»Hat ihre Freundin Probleme mit dem Einschlafen?«

»Ja! Warum steh' ich denn sonst hier?«

Das fragte sich Herr Meier wohl auch. Vom lärmenden Windspiel hatte mein übermüdeter Freund bisher nämlich noch kein Wort gesagt. Im Halbschlaf hatte er vergessen, es zu erwähnen. Einige Zeit später kam mein Freund zurück. Etwas verstört und mit einer Handvoll Walnüsse. Herr Meier hatte sie ihm für mich mitgegeben. Drei Stück vor dem Zu-Bett-Gehen gegessen, würden beim Einschlafen helfen.

Benjamin schläft mittlerweile nicht mehr bei mir. Herr Meier aber wirft mir immer noch regelmäßig die Walnüsse aus dem Garten seiner Tochter in den Briefkasten. Wir reden nicht viel miteinander, grüßen uns aber herzlich. Mir ist es etwas peinlich, dass Herr Meier noch immer denkt, dass mein Freund nachts, vor meinen Avancen flüchtend, durch das Treppenhaus irrte. Dass ich den Zeitpunkt, den Irrtum aufzuklären, verpasst habe, wurde mir klar, als er mir im Aufzug einmal vertraulich zuzwinkerte und murmelte: »Seien Sie froh, dass sie ihn los sind. Ein junger Mann der nicht ... hm, Sie wissen schon ... Seltsamer Kerl.«

Walnüsse sind übrigens tatsächlich eine gute Quelle für Melatonin. Wenn Walnüsse konsumiert werden, steigt der Melatonin-Blutspiegel um das Dreifache an. Man sieht es an den Eichhörnchen in unserer Straße. Die werden von Herrn Meier gefüttert und wirken auf mich viel fetter und träger als in anderen Stadtteilen.

Vor der Arbeit nach Brasilien – U-Bahn-Gedanken

Im Zwischengeschoss des Münchner Hauptbahnhofes steht jeden Tag ein alter Mann vor den Rolltreppen nach unten und fragt die vorbeieilenden Menschen nach dem Weg. Wir sind Gewohnheitstiere – er und ich. Er steht und sucht nach jemandem, den er nach dem Weg fragen kann, und ich gehe an ihm vorbei, weil er mich noch nie gefragt hat. Jeden Morgen gehe ich in den kleinen Supermarkt und kaufe mir dort einen Apfel. Viel lieber würde ich mir nebenan im Café ein Schokoladen-Croissant kaufen. Oder eine dick mit Butter bestrichene Brezen. An Montagen am liebsten beides. Ich lasse es, weil der Apfel vernünftiger und gesünder ist. Er ist auch das Einzige, was im Supermarkt nicht noch extra verpackt, drei Monate haltbar oder noch ungesünder als das Croissant ist. An miesen Tagen lasse ich den Apfel weg und stelle mich in die Schlange des Cafés. Auf der Homepage des Bahnhofes heißt es, dass dieses Café eine Hommage an die Lebensfreude Brasiliens mitten in München ist. Optisch ist das eine glatte Lüge. Es ist auf den ersten Blick genauso trist wie jede andere Bahnhofsbäckerei. Man muss genau hinsehen, um den Mini-Zuckerhut oder das Cristo-Redentor-Gemälde zu bemerken, und die grellbunten Accessoires sind nicht wirklich schön. Lebensfreude strahlt es dennoch aus.

31

Genauer gesagt die quirligen Mitarbeiterinnen, die trotz der Hektik des Bahnhofes immer lachen und lächeln. Ob Brasilianerinnen das immer tun, wage ich zu bezweifeln. Vielmehr glaube ich, dass die Besitzerin ein sehr gutes Händchen bei der Auswahl ihrer Belegschaft hat. Die Fröhlichkeit der Mitarbeiter des Cafés färbt auf die Schlange wartender Menschen ab. Spätestens wenn man an der Reihe ist und angestrahlt wird, muss man reflexartig selbst lächeln.

Meistens habe ich noch ein Lächeln auf den Lippen, wenn ich an dem Mann vorbeigehe, der die Passanten nach dem Weg fragt. Erst seit kurzem, nach fast fünf Jahren, lächelt er zurück. Ganz flüchtig nur, dann tut er wieder so, als hätte er mich nicht gesehen. Dabei würde ich ihn ganz sicher nicht verraten. Sein Geheimnis ist bei mir gut aufgehoben. Jeden Morgen sucht er sich Menschen, die er nach dem Weg fragen kann, obwohl er ihn ganz genau kennt. Er muss ins Sperrgeschoss zu den S-Bahnen und dann in die S 6 Richtung Tutzing einsteigen. Ich weiß es, weil die S 6 immer vor meiner Bahn kommt und ich ihn einsteigen sehe. Zuvor spricht er erneut Menschen an. Jeden Morgen bittet er sie um einen Kaugummi oder um ein Taschentuch. Irgendetwas fehlt ihm. Er hinkt, sein Gesicht zuckt, und beim Sprechen muss er sich sehr konzentrieren. Die wenigen Sätze kommen stockend und einstudiert über seine Lippen, obwohl er sie jeden Tag aufs Neue wiederholt. Ich müsste ihn gar nicht mehr ansehen, um vor Augen zu haben, wie er Kaugummi und Taschentuch in die Jacke steckt. Der Kaugummi kommt immer in die linke Innentasche, das Tempo in den Umhängebeutel.

Er ist noch viel mehr Gewohnheitstier als ich. Am Bahnsteig spricht er oft die Personen an, die ihn schon kennen. Vielleicht haben sie, wie ich, seit Jahren Kaugummi und Taschentuch griffbereit, um es ihm zu geben. Man muss es griffbereit haben, denn er wartet nicht gerne und nimmt es lieber im Vorbeigehen. Kann man ihm nicht aushelfen, murmelt er so traurig »Schade, aber gut«, dass man sich selbst schimpft, nicht daran gedacht zu haben. Ich mag ihn. Viele mögen ihn. Sein kurzes Lächeln und der stockende Dank ist auf andere Art ebenso schön wie die überschwappende Fröhlichkeit des do Brasil.

Ich weiß nichts über sein Leben, aber es macht mich traurig, zu vermuten, dass die wenigen Sätze jeden Morgen den Großteil seiner täglichen Unterhaltungen ausmachen. Umso mehr freut es mich, wenn er es an der Rolltreppe schafft, einen Fremden in ein kurzes Gespräch zu verwickeln. Der Inhalt scheint nicht wichtig zu sein. Viel wichtiger ist ihm, überhaupt zu sprechen, wahrgenommen zu werden und sich für einen kurzen Moment der ganzen Aufmerksamkeit eines anderen sicher sein zu können. Letzte Woche ging bei der S-Bahn gar nichts mehr. Ich stand über eine Stunde am Bahnsteig, und neben mir unterhielten sich zwei ältere Damen über den alten Herren, der eben noch um Kaugummi und

Taschentuch gebeten hatte. Ich erfuhr, dass er Beppo heißt und seit Jahren bekannt ist. Mit der S 6 fährt er nur eine Station bis zur Hackerbrücke. Dann fährt er zurück, dreht eine weitere Runde am Hauptbahnhof und fährt mit der nächsten 6er wieder eine Station. Den ganzen Vormittag, bis er mittags die Kaugummis im Café gegen einen Kaffee und eine Breze eintauscht. Tauschen, das ist ihm wichtig, erzählen sie sich. Dann sitzt er einige Zeit auf der Bank, trinkt, isst und beobachtet ganz ruhig die hektischen Menschen. Das hat er sich verdient. Er hat seine Arbeit für heute ja getan.

Der Anblick Beppos macht mich jetzt nicht mehr ganz so traurig. Vielleicht hat er weit mehr Ansprache als einige andere alte Menschen, die ihre Vormittage vor dem Fernseher verbringen. Sicher ist jedenfalls, dass es wenige Rentner gibt, die von so vielen vermisst werden, wenn man sie morgens nicht sieht. Ich muss jetzt noch einmal los. Mir sind die Kaugummis ausgegangen.

Rhett wohnt im Hinterhaus

Bei mir im Hinterhaus, dritter Stock, wohnt einer, der wie Rhett Butler lächelt. So amüsiert, so arrogant und genauso unwiderstehlich. Weil Rhett ohne Scarlett nicht funktioniert, ist auch diese Rolle besetzt. Im Vorderhaus, zweiter Stock, wohnt eine, die es spielend schafft, ihm das amüsierte, leicht arrogante und unwiderstehliche Lächeln auf die Lippen zu zaubern. Sie schafft es allerdings auch, den, der wie Rhett Butler lächelt, dazu zu bringen, dass er keine Lust mehr hat, zu lächeln.

Das schöne Lächeln fiel mir zum ersten Mal im Waschkeller unseres Hauses auf. Vor dem Lächeln sah ich aber zunächst einen fremden Mann, der meinen noch nassen BH in der Hand hielt. Wir haben nur zwei Waschmaschinen, und weil die Zeit drängt, hat es sich eingebürgert, dass man auch fremde Wäsche aus der Trommel in den davorstehenden Korb räumt, um selbst die nächste Ladung einzufüllen. Das Begutachten fremder Wäsche ist jedoch eindeutig kein Bestandteil dieser stillschweigenden Übereinkunft. Stinksauer riss ich ihm meinen Sport-BH aus der Hand und murmelte, dass das ja wohl etwas übergriffig sei. Und da war es, zum ersten Mal, dieses arrogante Lächeln. Gefolgt von dem Hinweis, dass Übergriffe bei solchen wenig reizvollen Wäschestücken auszuschließen seien. Rhett Butler verließ den Waschkeller, und ich mochte ihn nicht. Dass Rhett eigentlich anders heißt, erfuhr ich, als ich ein Paket für ihn annahm und am darauffolgenden Morgen für zwei Wochen in den Urlaub fuhr. Am Abend meiner Rückkehr stand ein reichlich angefressener Paul Kleiber vor meiner Tür und fragte mich, ob ich noch alle Tassen im Schrank hätte. Seit vierzehn Tagen renne er dem Geburtstagsgeschenk für seine Freundin hinterher und stehe jeden Abend vor einer verschlossenen Tür. Weil ich ähnlich impulsiv wie Scarlett bin, bluffte ich ihn an, dass man Geschenke für die Freundin ja wohl selbst kaufen und nicht herzlos im Internet bestellen würde. Rhett alias Paul grinste und meinte, dass ihm seine Freundin Ähnliches gesagt hätte. Allerdings in etwas freundlicherem Tonfall, fügte er noch an und verschwand.

Das nächste Mal traf ich ihn im Supermarkt am Leergutautomaten. Es heißt, dass Supermärkte ein guter Ort sind, um jemanden kennenzulernen. Anhand des Einkaufskorbes lassen sich bereits erste Rückschlüsse auf den Lebenswandel des potentiellen Partners ziehen. In Pauls Korb befand sich ein einsames Stück Käse und eine Wasserflasche. In meinem Wagen das Leergut der Geburtstagsfeier des vergangenen Wochenendes und eine Schachtel Zigaretten. »Harte Nächte?«, fragte er schmunzelnd und schlenderte an mir vorbei. Weil er an der Kasse wieder hinter mir stand, drapierte ich die Weintrauben über den Riesling und die Birnen über die Zigaretten. Nicht verstecken konnte ich mich selbst.

Wer weiß, wie ich aussehen kann, hätte mich an diesem Morgen vielleicht als charmant verknautscht beschrieben. Wer mich nur als zickige Nachbarin kennt, muss etwas deutlich Unattraktiveres gesehen haben. Ich empfand es als Zumutung, dass er um 8.30 Uhr am Samstagmorgen frisch aussah und gut roch. Bevor er etwas sagen konnte – ich sah schon, dass er den Mund öffnete –, warf ich ihm vor die Füße, dass er sein dämliches Fahrrad ruhig mal etwas mehr an die Seite stellen könne. Rhett lächelte und nickte. Ob er mir vorher den Platten flicken sollte, erkundigte er sich. Er würde sein Rad immer ganz bewusst vor das verdreckte und kaputte stellen, weil er annehme, dass mit dem sowieso niemand fahren würde.

Ich mag höfliche Menschen. Aber nicht, wenn sie mir wie Paul Butler die Tür mit einem süffisanten »Bitte sehr« aufhalten. Ich mag es auch nicht, wenn man mir beim Aufsammeln von heruntergefallenen Äpfeln hilft und dabei schmunzelnd fragt, ob das der Ausgleich für den ausufernden Alkoholkonsum sei. Rhett Kleiber ist unverschämt, weil ich mit meinem Gezicke selbst Frau Obst in den Schatten stelle. Und ich zicke, weil ich ihm immer nur dann über den Weg laufe, wenn ich niemanden treffen möchte.

Manchmal lächelt er nicht. Zum Beispiel dann, wenn der zweite Name von seinem Klingelschild verschwindet. Dann geht er wortlos an mir vorbei, und ich bin still, weil ein vereinsamtes Klingelschild alles und nichts bedeuten kann. Zwei Wochen danach wies er mich auf einen Kommafehler hin, der sich auf meinem Zettel zur bisher erfolglosen Untervermietung der Garage eingeschlichen hatte. Ich murmelte »Klugscheißer« und ergänzte spätabends das Satzzeichen. Die Klingelschildtrauer war vorbei.

Letzten Donnerstag stiegen aus der späten U-Bahn kaum Menschen aus. Das passiert selten, und wenn es so ist, dann mag ich die wenigen hundert Meter zu meinem Haus nicht gerne gehen. Es ist unangenehm düster, wenn die Straßenlaternen im Sommer zugewachsen sind. »Angst im Dunkeln?«, fragte mich Rhett, den ich in der U-Bahn nicht bemerkt hatte, mit bissigem Unterton. Zu müde für eine schlagfertige Antwort, blieb ich stehen und sagte nur: »Ja.« Paul nickte und ging langsamer. Als er im Lift nur mein Stockwerk drückte und ich bereits Luft holte, verdrehte er die Augen, und ich erinnerte mich daran, dass ich seit einer Woche ein Paket für ihn im Flur liegen hatte. Ich könne mich auf den Kopf stellen, er würde es jetzt abholen. Als ich es ihm in die Hand drückte, sagte ich, dass ich eigentlich gar nicht so sei. So biestig und zickig. Er zuckte mit den Schultern und ging. Zehn Minuten später stand er noch einmal vor meiner Tür. Ich öffnete mit der Zahnbürste im Mund und fauchte ein »Was?!«. Ich weiß nicht, wie Rhett Butler in so einem Moment gelächelt hätte. Paul lächelte gar nicht, er murmelte nur, dass er eigentlich gar kein überheblicher Arsch sei. Ohne das amüsierte Schmunzeln, das ihm beim Blick auf die

Zahnbürste doch noch entwischte, hätte ich es ihm nicht abgenommen.

Iljana, die Sonne geht auf

»Iljana, komm raus«, forderte der alte Säufer mit kratziger, aufgeregter Stimme. Iljana, die mazedonische Aushilfe unseres vietnamesischen Backshops, lächelte nur und schüttelte den Kopf. Wahrscheinlich hatte sie den Alten nicht verstanden. Morgens ist er noch nüchtern, da versteht man ihn noch schlechter. Iljana sowieso. Die versteht nämlich kein Deutsch, braucht es bei der Selbstbedienung im Backshop auch nicht. »Iljana, komm«, forderte er mit Nachdruck durch die offene Tür und ließ sich dann auf das kleine Mäuerchen an der Tiefgarage sinken. Der Start in den Tag fällt ihm im Winter noch etwas schwerer als sonst. Zwischen den rauen Fingern eine Zigarette und der erste Schluck aus einer kleinen Flasche Jägermeister. Was man eben so braucht, um wach zu werden.

Ich brauche nur eine Semmel. Für später. Für das Büro. Die verstaue ich in der Tasche, als ich vor die Tür trete. Der alte Trinker legt seine Hand auf meinen Arm. »Da schau«, sagt er und nennt mich Iljana. »Da schau, Iljana, die Sonne geht auf.« Und weil er so sehnsüchtig und gleichzeitig überrascht schaut, schaue ich auch. Nicht in die Sonne, sondern in seine Augen. Die sind nämlich schön. So schön wie die von einem Bernhardiner. Die Lider hängen, das Weiß ist nicht mehr ganz klar, und sie schwimmen in Tränenflüssigkeit. Aber irgendwie sind sie schön. »Schau, Iljana, die Sonne«, wiederholt er, und ich nicke. Es ist ja egal, wer die Sonne außer ihm noch sieht. Heute Morgen reicht es ihm wohl, wenn er die ersten Strahlen mit irgendwem teilen kann.

Später, ich bin schon aus der Stadt draußen, schaue ich allein noch einmal in den Himmel. Heute ist er wirklich besonders schön. Ich bleibe so abrupt stehen, dass ein Kollege mich fast umrennt. »Schau«, sage ich, »die Sonne ist aufgegangen.« Man kann das Offensichtliche ab und zu ruhig erwähnen. Dass der Himmel nicht alltäglich ist, sieht er wohl selbst.

GIESING UNTEN, NICHT OBEN

Seit ich für einige Zeit in Italien gelebt habe, lege ich einen fast schon penetranten Lokalstolz an den Tag. Nicht unbedingt, weil ich echten Stolz empfinde, sondern vielmehr, weil mich die oberflächliche Beantwortung der Frage nach meiner Herkunft schon beim Aussprechen langweilt. In Italien entfacht die Frage nach der Geburtsstadt eine Leidenschaft, die nur noch bei Erkundigungen der bevorzugten Fußballmannschaft oder der Nord-Süd-Problematik so stark zu Tage tritt. Kein einziger Italiener den ich in dieser Zeit getroffen habe, beließ es bei der Frage nach seiner Herkunft mit der Auskunft seiner Nationalität. Sie schleuderten mir ein Wort entgegen und sahen mich erwartungsvoll an. Wenn ich Glück hatte, waren sie aus Rom, Mailand oder Neapel. Städte, die ich kannte und bei denen ich sofort ein Bild vor Augen hatte. Dann war es leicht, die Begeisterung des Gegenübers zu teilen. Eine Begeisterung, die von mir erwartet und vorausgesetzt wurde. Eine Stadt oder ein Landstrich kann noch so scheußlich sein – irgendetwas Schönes sollte einem dazu einfallen. Falls nicht, ist das Verhältnis zu seinem Gesprächspartner dauerhaft zerrüttet. Ich bin ganz gut darin, allem etwas Schönes abzuringen.

Schwieriger wurde es, wenn ich nicht einmal wusste, ob ich die Stadt oder den Ort überhaupt kannte. Da warf mir der Mann hinter der Bar ein »Palermitano« entgegen und hielt meinen Kaffee in die Luft, ohne ihn mir zu geben. Nicht bevor ich etwas Nettes über seine Heimatstadt oder die Palermitani im Allgemeinen gesagt hatte. Mit etwas Phantasie kann man sich denken, dass er aus Palermo kam. Vorausgesetzt, man hätte das Wort klar verstanden. Hat man aber nicht, denn die Palermitani sprechen ein Italienisch, das für mich damals eher arabisch oder griechisch klang. Wenn man in einer Bar nur lange genug grenzdebil grinsend herumsteht, bekommt man den Kaffee am Ende natürlich auch, ohne etwas zu sagen. Es wäre allerdings schade, weil der Kaffee dann erstens nicht mehr heiß ist und man zweitens die Chance auf ein schönes Gespräch vergeudet hätte. Ich bin schnell dazu übergegangen auf die Frage nach meiner eigenen Herkunft nicht mehr nur mit »Monaco« (was übrigens falsch ist, ich komme aus Monaco di Baviera – ein großer Unterschied) sondern mit »Monaco di Baviera, Giesing – unten, nicht oben« zu antworten. Sollte es Sie einmal in das kleinen Örtchen Cava de' Tirreni in der Provinz Salerno verschlagen, gehen Sie in eine Bar und behaupten Sie frech, Sie seien ein Münchner. Egal, ob Sie gefragt wurden. Sagen Sie es einfach. Man wird Sie begeistert in ein Gespräch verwickeln und mit Ihnen lange über die Vor- und Nachteile des Giesinger Berges, die Rivalität zwischen blauen und roten Fußballvereinen und dem Verschwinden der besten Eisdiele Münchens plaudern können. Ich habe hier monatelang ganze Arbeit geleistet. Die könnten Sie unterstützen, wenn Sie etwas von Hildesheim oder Düsseldorf erzählen. Man wird Ihnen gerne zuhören.

Auf Elba, in Mailand, Neapel, oder später in Verona, habe ich mich so schnell zu Hause gefühlt, weil mich niemand spüren ließ, dass ich fremd war. Gerade weil ich es war, tat man alles, damit ich mich möglichst schnell heimisch fühlte. Die sofortige Integration war eines der schönsten Erlebnisse. Der Nachteil war, dass jeder so sprach, wie ihm der Schnabel gewachsen war. Der Wunsch, verstanden zu werden, ist bei einem Italiener nicht besonders ausgeprägt. Bevor er sich bemüht, den heimatlichen Dialekt ein wenig abzumildern, nimmt er es lieber in Kauf, dass manches von seinem Gegenüber nicht auf Anhieb verstanden wird. Es wird dann lange und ausführlich erklärt. Ich verstand in meiner Anfangszeit häufig nur ein paar Wortbrocken, und selbst da war ich mir nicht sicher, ob ich sie richtig interpretierte. Was im Privaten lustig und amüsant war, brachte mich in der Arbeit zum Verzweifeln. Kaum fähig, Smalltalk zu führen, wurde ich am Telefon mit sizilianischen LKW-Fahrern konfrontiert. Heute bin ich mir fast sicher, dass sie sich einen Spaß daraus machten, mir ihren Dialekt ungefiltert um die Ohren zu hauen. Richtiger wäre es zu sagen: ihre Dialekte. Es gab einige, und irgendwann verstand ich sie tatsächlich ein bisschen.

Wenn ich heute mit meinen Freunden aus Italien spreche, sehen sie mich alle ein wenig mitleidig an. Mein Italienisch muss grausam klingen. Stellen Sie sich einen Griechen vor, der in Hessen gelebt hat und von einem Sachsen, einem Bayern und einem Schwaben die deutsche Sprache in den jeweiligen Dialekten gelernt hat. Mein früherer Chef meinte vor einigen Jahren leise seufzend, dass sie es gründlich versaut hätten. Ich würde wie ein kleines, liebes und schüchternes Mädchen aussehen. Bis ich den Mund aufmachte. Dann würde ich wie eine ordinäre Landpomeranze klingen, deren Herkunft undefinierbar sei und die rapide an Reiz verlöre. Ich habe versucht, ihn zu beruhigen. Vielleicht liegt es nicht an der sehr speziellen Spracherziehung, die ich in Italien genossen habe. Ich komme schließlich aus Giesing. Da muss man auch zwei Mal hinsehen, um zu erkennen, wie schön es dort ist. Unten. Nicht oben.

HERR MEIER SCHIMPFT. FRAU OBST AUCH.

Ich habe einen neuen Freund. Zugegeben, es ist eine etwas einseitige Beziehung. Mein neuer Freund weiß nichts von mir. Hat keine Ahnung, dass es mich gibt, und wenn er es wüsste oder zu denken fähig wäre, dann wäre es ihm egal. Mein neuer Freund ist der Mars, der jeden Abend von meinem Balkon aus zu sehen ist. Wie so oft fallen einem die Dinge erst auf, wenn man über sie stolpert. Oder wenn man, wie in meinem Fall, nach zwanzig Jahren die Sehstärke kontrollieren lässt. Ich besitze jetzt Kontaktlinsen und bin fasziniert davon, dass ich mitten in der Stadt mit bloßem Auge Planeten erkennen kann. Mein neuer Freund lenkt mich ab. Das ist auch dringend nötig, da in meinem Haus momentan der Wahnsinn um sich greift. Das ist nicht wirklich etwas Neues. Im Haus Nummer 24 befindet sich schon länger ein liebevoll zusammengestelltes Kuriositätenkabinett, aber in den letzten Tagen geben wir so richtig Gas.

Die Fassade wird saniert und die Balkone innen und außen gestrichen. Das bedeutet, dass sie pünktlich zum ersten Juli leergeräumt werden müssen. Wir wissen das seit Anfang des Jahres, und doch überraschte es uns, dass der Juli dieses Jahr schon Mitte des Jahres beginnt. Leichtsinnigerweise kauften wir noch im April neue sperrige Balkonmöbel, pflanzten im Mai Bäume in fünfzig

Kilo schwere Terrakottakübel und schraubten im Juni eine Rankhilfe an die Wand, damit die selbst angesäten Bohnen besser gedeihen. Wir haben all das einzig und allein deswegen gemacht, um uns jetzt darüber aufregen zu können, dass die neuen Balkonmöbel nicht in den Keller passen, die Terrakottakübel zu schwer für das Wohnzimmerparkett und die Bohnen noch nicht reif sind. Über all diese Dinge könnte man sich still und leise ärgern und sich seiner eigenen Dummheit bewusst werden. Das machen wir aber nicht. Wir stellen uns dann, wenn möglichst viele Personen die stillen Abendstunden noch einmal genießen wollen, bevor das Gerüst aufgebaut wird, auf den Balkon und legen los.

Allen voran Herr Meier. Herr Meier hat bis auf ein Windspiel nichts auf seinem Balkon. Ich weiß das, weil ich mich ab und zu über die Brüstung beuge, zu ihm nach unten sehe und bei dem monotonen Klimpern Mordgedanken hege. Dass er nichts in den Keller räumen muss, scheint Herrn Meier zu stören. Wenn alle jammern, will er auch. Deshalb lamentiert er seit einigen Abenden über den, Zitat, Scheißdreck, den wir zu erwarten haben. Mit etwas sanfteren Worten empfindet das auch das russische Ehepaar über ihm so. Ihnen hat man bereits gesagt, dass sie ihre drei Schachteln Zigaretten am Abend für die nächsten Wochen gefälligst in der Wohnung rauchen sollen, weil sich der Rauch in dem feinen Netz, das über das Gerüst gespannt werden wird, festsetzen würde. Präventiv rauchen sie aktuell gefühlte sechs Schachteln Zigaretten am Abend, wobei jede einzelne Zigarette von Herrn Meier kommentiert wird. Er hat vor einigen Jahren nämlich aufgehört zu rauchen und empfindet jede Zigarette in seiner Nähe als pure Provokation. Das junge Mädchen im dritten Stock beteiligt sich am Schimpfen. Nur, dass sie über die Ausdrucksweise von Herrn Meier schimpft. Unsere Russen lächeln abwechselnd nach oben und unten und kümmern sich nicht. Auch die Kneipe unter mir legt Gelassenheit an den Tag. In der Kneipe ist EM. Nur EM. Gerüste sind Wirt und Gästen egal. Auch Frau Obst steht abends nicht am Balkon. Sie schimpft ohne Stimme, indem sie seit einigen Wochen Zettel mit Verhaltensregeln zum Leben mit dem Gerüst verteilt. Da heißt es zum Beispiel: »Stellen Sie Ihr Gerümpel vom Balkon bloß nicht in den Hausflur. Das ist verboten.« Oder: »Das Klettern vor den Fenstern ist zu unterlassen.« Letzteres empfinde ich als besonders schade. Es wäre die Gelegenheit gewesen, sich Einrichtungen der Nachbarn anzusehen.

Ähnliche Zettel kleben an dem vermeintlichen Gerümpel im Hausflur. Zum Beispiel auf dem Zwillingskinderwagen, der bei den Briefkästen steht. Der steht dort nur, weil momentan der Aufzug kaputt ist und es für die Mutter leichter ist, ihre zwei kleinen Kinder auf dem Arm in den vierten Stock zu schleppen. Herr Meier sagte ihr bereits, dass es sinnvoller sei, die Kinder nacheinander zu bekommen. Ich vermute, dass die Mutter es war, die eine hübsche Karte mit einem Sinnspruch über friedliche Nachbarschaft an das weiße Brett geheftet hat. Vielleicht war sie aber auch diejenige, die unter den Zettel von Frau Obst die Frage geschrieben hat, was genau weg soll. Der Kinderwagen oder die Kinder? Wir Nachbarn lassen den Zettel unberührt, in der Hoffnung, dass auch Herr Meier noch etwas dazuschreiben wird. Die Studenten auf dem Dachgeschoss haben ihren Beitrag schon geleistet, indem sie aus Kronkorken ein Peace-Zeichen an die Wand des Müllraumes im Keller geklebt haben. Glaubt man dem Hausmeister, wurde dafür Silikon verwendet. Die gute Seele unseres Hauses war es auch, die letzten Montag brüllend durch das Haus lief und sich erkundigte, welcher Hornochse Bohnenranken um das Treppengeländer gewickelt hat. Ich weiß es, werde es ihm aber nicht sagen, und heute Nacht meinen Basilikum dazustellen. Bei der Gelegenheit lese ich die neuen Zettel am weißen Brett und bringe mich auf den neusten Stand. Letzten Mittwoch klebte dort ein Post it von einem Bewohner des Hinterhauses, dessen Fassade erst nächstes Jahr renoviert wird: »Biete Balkonfläche für Terrakottatöpfe, Kräuter oder Möbel. 50 Euro pro Woche.« Darunter wüste Beschimpfungen über Wucher und erste Verhandlungsversuche.

Ich gebe uns noch eine Woche. Dann haben wir hier Krieg. Ich beteilige mich nicht. Mein Gerümpel habe ich bereits zu meinen Eltern verfrachtet. Ihren eigenen Balkon können sie jetzt nicht mehr betreten, aber sie freuen sich sicher, mir etwas Gutes zu tun. Dass ich von ihrem Balkon aber den Mars nicht sehen kann, nehme ich ihnen übel.

STADTATEM

Den Herzschlag eines geliebten Menschen spürt man nicht, wenn man neben ihm sitzt. Man hört seinen Atem nicht, wenn man sich angeregt unterhält und nimmt den feinen, ganz eigenen Duft von Haut und Haaren nicht mehr wahr, wenn man ihn zu oft schon gerochen hat. Auch den Puls einer geliebten Stadt spürt man nicht immer. Man nimmt den Herzschlag als gegeben hin, und ähnlich wie bei einem Menschen muss man sich manchmal ein Stück entfernen und zurückkommen, um es wieder zu spüren. Den Atem, das Schlagen des Herzens und den ganz besonderen Duft, der nach Heimat riecht.

Münchens Herzschlag spüren Sie leicht, wenn Sie nur ein bisschen Acht geben. Am besten lässt man sich einfach treiben. Der Münchner Puls schwemmt einen schon an all die schönen Orte, welche die Stadt zu bieten hat. Auch den Münchner Duft fangen Sie leicht ein. Er ist ja für jeden etwas anderes. Gebrannte Mandeln, Bier oder Isarwasser – es findet sich leicht etwas. Manch ein Tourist schleppt versehentlich den Duft der Pissoirs vom Sendlinger Tor nach Hause und wird ihn nicht mehr los. (Gehen Sie immer brav direkt durch das Tor und umkreisen Sie es besser nicht.) Wenn Sie die Stadt aber atmen hören möchten, dann müssen

Sie selbst still werden. Dann dürfen Sie nicht mehr rennen und hetzen. Den Atem einer Stadt hört man am besten nachts. Ein wenig Einsamkeit schadet dabei nicht. Wenn Sie ihren eigenen Atem hören und dann die Ohren spitzen, dann hören Sie die tiefen und gleichmäßigen Atemzüge der Stadt. Sie können ruhig spazieren gehen, nachts wird es schnell frisch. Um das Geräusch Ihrer eigenen Schritte müssen Sie sich nicht sorgen. Früher oder später nehmen sie unweigerlich den Rhythmus des Atems auf. Zum Beispiel, wenn Sie im Dunklen über den Rindermarkt laufen und zufällig zwischen den hässlichen Glasbauten den Löwenturm sehen, an dem Sie schon so oft vorbeigelaufen sind. Nachts bleibt man eher kurz stehen und wundert sich, dass er gar keinen Eingang hat. Zwölftes Jahrhundert, das weiß man als Münchner, aber nachts dämmert es einem, dass das 12. Jahrhundert seit 900 Jahren vorbei ist. Man geht ein bisschen langsamer, weil man an 900 Jahren nicht vorbeirennt, und fragt sich, ob man sie drinnen wohl spürt, die 900 Jahre.

Der Alte Peter daneben ist nicht so alt. Erwähnt wurde die Kirche St. Peter zwar auch schon damals, aber in den folgenden Jahrhunderten so oft umgestaltet oder nach Bränden aufgebaut, dass es als Münchner reicht, zu wissen, dass er schon immer da war. Deshalb ist die Kirche auch ein er – der Alte Peter. Aber nachts erinnert man sich leichter daran, dass dort oben in der Turmwächterstube bis vor fünfzehn Jahren unberührt die Kleidung und die Strohschuhe der Brandwache lagerten, bevor sie ins Stadtmuseum kamen. Kalt muss es da oben gewesen sein und grausam, weil der arme Wächter auch im Krieg noch da oben stehen musste. Auch wenn ihre Schuhe jetzt im Museum stehen, die Atemzüge von unzähligen Brandwächtern kann man hier noch hören.

Als Münchner sollte ich wissen, wie alt die Residenz und ihre zehn Höfe sind. Ich weiß es nicht. Sie können sich ja einen Stadtführer kaufen, wenn es Sie interessiert. Schlendern Sie mit dem ruhig durch München, aber kommen Sie abends noch einmal zurück und stecken Sie ihn weg. Dann gehen Sie in die Innenhöfe und lehnen sich einfach an die alten Mauern. Sie wissen ja jetzt, wie alt sie sind. Und dann lauschen Sie ein bisschen auf die Atemzüge des alten Münchens. Das Theater hat jetzt geschlossen, und die Reisegruppen sind längst in ihren Hotels. Auch die Münchner finden Sie hier nicht mehr. Die haben ihre Gänge längst erledigt. Jetzt sind Sie allein und spüren den Atem von fast 500 Jahren. Falls Ihr Reiseführer ein anderes Alter angibt, glauben Sie ihm ruhig. Es ist ja auch egal. Wichtiger ist, dass Sie die Zeit im Auge behalten. Falls die Uhr der Theatinerkirche nachts um eins nicht einmal, sondern dreizehnmal schlägt, dann machen Sie unbedingt die Augen zu. Sonst sehen Sie versehentlich die schwarze Frau, und das wäre ein großes Unglück. In Ihrem Reiseführer steht darüber natürlich nichts. Jeder, der darüber berichten könnte, kann es nicht mehr, nachdem er sie gesehen hat. Ich selbst weiß es von einem, der die Augen fest geschlossen hatte. Gesehen hat er nichts. Aber ihren Atem, den hat er ganz deutlich gespürt. Vielleicht waren es auch nur die Atemzüge der Stadt, die er im Nacken gespürt hat. Gehen Sie vorsichtshalber etwas früher zurück in die Fußgängerzone.

Mit etwas Glück spielt dort Ivan auf dem Akkordeon für Sie. Sie wissen, wie so ein Instrument funktioniert. Auf seine Weise atmet es. Die Atemzüge des Akkordeons von Ivan sind mit das Schönste einer Münchner Nacht.

Was wollte ich Ihnen eigentlich über München erzählen, bevor es zu einem schlecht bis gar nicht recherchierten Text über Stadtgeschichte wurde? Als ich neulich über eine Stunde bei Ivan stand, wusste ich es noch. Auch als ich letzten Dezember in einem Restaurant in der ältesten Altstadt war, hatte ich es genau vor Augen. Weg. Ich habe Sie aufgehalten. Das tut mir leid.

BLÖDE KUH – DENKT PAUL

»Er geht nicht«, sagt Paul und deutet mit einer Kopfbewegung in Richtung des Lifts. »Er ging gestern schon
nicht«, informiere ich ihn und sortiere die Werbung aus
meinem Briefkasten. Das Sortieren dauert ein wenig,
da mir immer besonders viel Werbung geliefert wird,
seit ich einen Aufkleber angebracht habe, der darum
bittet, auf den Einwurf dieses Blödsinns zu verzichten.
Ich klappe jedes einzelne Faltblatt auf. Es könnte ja
sein, dass sich eine Karte oder ein Brief dazwischen-
geschmuggelt hat. Als ich fertig bin, steht Paul noch
immer vor dem Lift und starrt auf die geschlossene Tür.
Ich kann nur vermuten, dass es sich bei diesem sturen
Stehenbleiben um eine Art Armmuskel-Training handelt,
da er vor seinem nicht vorhandenen Bauch einen Kasten
verschiedener Säfte festhält. »Kirsch-Mango ist mir zu
süß«, informiere ich ihn und bleibe aus Solidarität ein
wenig neben ihm stehen. Die Flasche sei ja auch nicht
für mich, lässt er mich wissen, und wir starren wie zwei
Großstadtkälber auf die Türen unseres Aufzugs.

Ich habe Zeit und denke ein bisschen nach. Pauls aktu-
elle Freundin sieht aus, als würde sie Kirsch-Mango-Saft
trinken. Pur, und nicht als Schorle. Ich schätze sie auf
Anfang zwanzig und gerade raus aus dem Piña-Colada-
Alter. Für Gin Tonic oder einen guten Wein ist sie

noch zu jung. Für Kakao zum Frühstück zu alt. Sie ist Kirsch-Mango-Saft-alt. Was wir so blöd hier rumstehen, fragt Herr Meier und geht, ohne eine Antwort abzuwarten, an uns vorbei, unter seinem Arm eine altrosa Einkaufstasche, die Paul grinsen lässt. Meier spürt sein Grinsen auch im Rücken und dreht sich um. »Für die Alte von oben«, raunzt er und bleibt in der Tür stehen. »Kümmert sich ja sonst keiner um sie. Um die Alte.« Auch ich muss grinsen, weil es seltsam klingt, wenn alte Menschen andere als alt bezeichnen. »Deppen«, werden wir verabschiedet und bekommen neue Gesellschaft. Frau Hinteranger schiebt sich an Herrn Meier vorbei und stellt sich schnaubend zwischen uns und vor den Lift. »Er geht nicht«, informiert sie Paul. Frau Hinteranger nickt und stellt ihre Einkaufstüten ab. Sie müsse nur kurz verschnaufen, bevor sie in den dritten Stock kraxeln würde. Ich sehe Paul von der Seite an und deute mit einer Kopfbewegung auf die Tüten. Er verzieht das Gesicht, und ich erinnere ihn an seine hilfsbereite Seite, indem ich der Hinteranger anbiete, dass er ihre Einkäufe hochschleppt. Das sei kein Problem, sie wohnten ja nebeneinander. Selbstverständlich hätte ich mich selbst angeboten, aber Männer mögen es ja, Frauen zu helfen. Während Paul mich unfreundlich ansieht und ich versuche, seinem Blick auszuweichen, hat sich Frau Hinteranger schon an den Aufstieg gemacht. Am ersten Treppenabsatz bleibt sie stehen und kommt noch einmal zu uns herunter. Sie selbst komme gut in den dritten

Stock. Sie sei ja gerade erst achtzig geworden, aber Frau Eder, die im Rollstuhl sitzt ... Sie lässt den Satz in der Luft hängen, und ich strahle sie an, weil ich weiß, dass Pauls Karmakonto gleich ins Unermessliche steigen wird. Ich sage es ihm, und sein Blick wird im gleichen Maße misstrauisch, wie der von Frau Hinteranger freudig zu flackern beginnt.

Eine Stunde später steht Paul vor meiner Tür. Ob ich noch alle Tassen im Schrank hätte, will er wissen, und das Misstrauen in seinen Augen ist verschwunden. Dort, wo es vorhin noch aufkeimte, ist jetzt blankes Entsetzen, Unverständnis und Wut zu erkennen. Der positive Effekt eines guten Karmas hat den Weg zu Pauls Befinden noch nicht gefunden, und ich muss seufzen. Seufzen, weil Paul eigentlich nur vor meiner Tür steht, wenn er ein Päckchen abholen möchte oder sich über mich beschwert. Wie schade das ist, sage ich ihm heute besser nicht. Es täte mir leid, sage ich stattdessen und nehme es gleich darauf wieder zurück. Jetzt werde auch ich wütend. Frau Eder kann nicht viel wiegen, und jeder im Haus weiß, dass ihr der Kirchgang am Sonntag wichtig ist. In Heidi, der Zeichentrickserie meiner Kindheit, hat der Großvater die gelähmte Klara auf den Berg geschleppt, und mein Bruder hat meine Oma auch schon die Treppen heruntergetragen. Und überhaupt. Herr Meier hat doch Recht. Niemand kümmert sich heute noch um den anderen. Hätte Paul sich selbst angeboten, dann hätte ich ihn gar nicht in diese Situation bringen müssen. Ich bin gerade richtig in Fahrt, als Herr Iwanow von nebenan den Laubengang vor meiner Wohnung betritt. Er hätte jetzt Zeit für eine kleine Probe. Nur ein Stockwerk fürs Erste, und morgen dann ganz nach unten. Ob sie die zarte Frau Eder ernsthaft zu zweit nach unten schleppen, erkundige ich mich, und Paul sieht mich so böse an, dass ich entgegen meiner Natur den Mund halte.

Womöglich steigt Pauls Karma-Punktekonto. Meines sinkt. Ich habe Frau Eder mit Frau Lukaseder verwechselt. Beide wohnen im vierten Stock und sind nicht mehr die Jüngsten. Damit enden die Gemeinsamkeiten. Während Frau Eder ein zierliches, winziges Weibchen ist, handelt es sich bei Frau Lukaseder um einen mächtigen und übergewichtigen Brocken von Frau. Dieser Brocken wird gerade von Paul und Herrn Iwanow ein Stockwerk nach unten getragen. Ich traue mich nicht nachzusehen, aber Judith hat mir über den Balkon zugerufen, dass man es mit einer alten Gartenliege als Trage versuche. Sie musste mehrfach ansetzen, um vor Lachen einen ganzen Satz herauszubringen. »Wie geht es Paul?«, frage ich, und sie zuckt die Schultern. Solange er sich noch lautstark fragen könne, ob seine Versicherung zahlt, wenn er Frau Lukaseder fallen lässt, ist wohl alles in Ordnung.

ANNA, GEH INS BETT! –
U-BAHN-GEDANKEN

»Ich hab' dich lieb. Schlaf gut.« Er sagt es ganz leise. Ich mag seine Stimme schon beim ersten Wort. Sehr warm und weich unterstreicht sie die schönen Sätze. Ich hab' dich lieb, das sagt man zu Kindern, wenn man sie in der Früh verabschiedet. Man sagt es zu seinen Eltern, wenn sie ein Alter erreicht haben, in dem sich langsam die Rollen tauschen. Er sagte es zu keinem Kind und sicher nicht zu seiner Mutter. Seine Worte müssen seiner Frau oder Freundin gelten. Sie bedeutet ihm viel. Ich höre es an dem sanften Klang seiner Stimme und sehe es an der Art, wie er sein Telefon in beiden Händen hält. Mit dem Daumen streicht er über den Rand der Plastikhülle. Ich stelle mir die weiche Wange einer Frau vor, die er ebenso berührt. Das Streichen eines Daumens über eine Wange ist eine schöne Geste. Man kann damit Tränen zur Seite wischen oder die Zeit einen Moment lang anhalten. Dann, wenn die Augen, die zu dem Daumen gehören, in die Augen nahe der Wange blicken.

»Schlaf gut.« Es ist ein Satz, der ein Gespräch beendet. Es ist ein schöner Schluss. Innig, denn er schickt den anderen mit einem guten Wunsch in die Nacht. Unnötig, anzufügen, dass auch schöne Träume gewünscht werden, wenn die Stimme sagt, was Worte nicht schöner ausdrücken könnten. Ich höre an seinem Tonfall, dass der Wunsch der guten Nacht das Gespräch beendet. Ich höre auch, wie die Angesprochene dennoch weiterspricht. Was sie sagt, höre ich nicht. Ihre Worte sind nur für ihn deutlich zu hören. Er telefoniert mit den Kopfhörern in der vollbesetzten Bahn. Ich bin nur ein zufälliger Zuhörer, der neben ihm sitzt und zwei schöne Sätze gehört hat.

Ihre Worte, die für mich nur ein undeutliches Rauschen sind, haben nichts mit der schönen Ruhe seiner beiden Sätze gemeinsam. Das zu erwarten wäre auch unfair. Während der eine klar und deutlich neben mir spricht, ist die andere kaum zu verstehen. Trotzdem sind es zu viele Worte, die rauschend zu mir dringen. Die Stimme spricht weiter, und aus dem Augenwinkel sehe ich ihn nicken. Ein paar Momente später wiederholt er seine Worte. »Schlaf gut, Anna.« Ein schöner Name. Wir sprechen einen anderen oft mit seinem Namen an, um unsere Aussagen zu verstärken. »Schlaf gut, Anna.« Ich riskiere einen Blick auf das Display seines Telefons und sehe Annas Foto, während das Rauschen ihrer Stimme leise aber unablässig zu hören ist. Ich möchte ihr zuraunen, dass das Gespräch doch schon zu Ende ist. Vorsicht, Anna. Die zarte Geste des streichelnden Daumens beginnt sich bereits in ein neutrales Wischen zu verwandeln. Schon ist eine Spur Ungeduld in seiner Stimme zu hören, als er Anna ein drittes Mal ins Bett schickt. Der schöne kurze Satz »Schlaf gut.« wird ersetzt durch »Nun geh ins Bett, Anna.« Ob Anna krank ist? Es ist erst kurz nach 18.00 Uhr. Ihre Stimme funktioniert. Sie spricht weiter, obwohl er sie immer wieder kurz unterbricht. Mit einzelnen Worten. »Ja. Ich weiß.« Und immer wieder »Gute Nacht, Anna«. Ich zähle mit. Fünfmal schon »Gute Nacht«. Dreimal »Anna . . . « und zweimal »Ja, ich dich auch.«

Fast tut es mir leid, dass Anna sich nun mit einem »Ich dich auch« zufriedengeben muss. Es klingt ausdruckslos und ein wenig erzwungen. Ob Anna, genau wie ich, schon jetzt ahnt, dass sie mit dem »Ich hab' dich lieb« besser in den Schlaf gesunken wäre? Gegen ein »Ich hab' dich lieb« kann das »Ich dich auch« nur verlieren. Es ist ja nur eine Erwiderung mit schwacher Aussage. Ach Anna. Jetzt aber still und ab ins Bett. Anna hört mich nicht und spricht weiter. Es ist traurig zu hören, wie jemand weiterspricht, wenn ein Gespräch bereits zu Ende ist. Sie merkt es nicht oder sie will es nicht merken. Erst als er leise, sehr leise, mit fast monotoner Stimme sagt »Ich liebe dich, Anna«, verstummt die Stimme. Eigentlich müsste die Temperatur um einige Grad ansteigen, wenn ein so schöner Satz in der Luft hängt und sie wärmt. Aber, ach Anna, das Gegenteil ist passiert. Da hast du ihn nun, deinen Satz, und er ist nichts wert. Das Schöne wurde bereits vor mehreren Minuten gesagt. Obwohl es keine berühmten Worte waren, verriet seine Stimme, dass das »Ich hab' dich lieb« echt war, während das »Ich liebe dich« erzwungen war und nur dazu diente, ein Gespräch endlich zu beenden.

Das Telefon mit Annas Bild verschwindet in der Tasche eines Parkas, und der Mann neben mir steigt aus. Ich schaue ihn nicht an. Er geht mich ja nichts an. Genauso wenig wie mich sein Gespräch mit Anna etwas anzugehen hat. Ich bin nur zufällig neben ihn gespült worden. Und doch bin ich enttäuscht und fühle mich Anna ganz nah. Ich ahne, dass sie das Telefon noch in der Hand hält und traurig auf das dunkle Display blickt. Nein, Anna, so schlimm ist es nicht. Er musste ja aussteigen.

Ich auch. Ach Anna, nun habe ich deinetwegen auch noch meine Station verpasst.

Ein Höschen führte zum Eklat

Mein Nachbar Herr Meier spricht nicht besonders viel, ist grantig, konstant schlecht gelaunt und wirkt immer etwas mürrisch. Dennoch würde ihn die Hausgemeinschaft nicht als unfreundlich beschreiben. Er ist schon in Ordnung, der Meier. Auf seine spezielle Art scheint er uns zu mögen. Die lauten Studenten aus dem Hinterhaus, das lesbische Pärchen aus dem ersten Stock und die netten Russen, die die Pakete für das ganze Haus entgegennehmen. Er mag auch die Vietnamesen, die seit einigen Monaten den Backshop betreiben. Das ist neu, und wie ich erfahren habe, besucht Herr Meier den Backshop erst, seit er auf der Eigentümerversammlung erfahren hat, dass Frau Obst die Vietnamesen nicht ausstehen kann. Herr Meier mag alles, was Frau Obst nicht mag. Schon aus Prinzip.

Frau Obst ist das Gegenteil von Herrn Meier. Ebenfalls schon an die achtzig, aber immer freundlich grüßend und gerne bereit, ein Schwätzchen zu halten. Egal wann man Frau Obst trifft, sie lächelt einen immer warm an und klärt die Mieter nachsichtig über die Hausordnung auf. Frau Obst hasst uns. Jeder Einzelne im Haus ist ihr zuwider. Ich weiß das, weil sie und ich uns einen kleinen Laubengang teilen und ich direkt neben ihr wohne. Manchmal jagt sie mir einen Schrecken ein. Wenn ich auf dem Sofa liege und plötzlich ein seltsames Ziehen im Magen verspüre, dann weiß ich, dass Frau Obst vor meinem Fenster steht und in die Küche starrt. Habe ich noch nicht fertig abgespült, bekomme ich am nächsten Tag im Lift erklärt, dass Pfannen nie, aber auch niemals eingeweicht werden dürfen. Das Spülmittel würde die Teflon-Beschichtung auffressen. Frau Obst führt auch Buch über meine Herrenbekanntschaften. Seit ich versucht habe, ihr zu erklären, dass ich die meisten der Kerle seit Jahrzehnten kenne und sie längst verheiratet sind, hält sie mich nicht nur für ein Flittchen, sondern auch für eine Ehebrecherin. Mir hat sie das natürlich nicht gesagt. Aber Frau Niederer von unten, und die hat es mir an den Waschmaschinen erzählt. Ich musste Frau Niederer enttäuschen – ich bin langweiliger, als Frau Obst denkt, und konnte der Niederer keine Tipps für ihr Schlafzimmer geben. Unter uns ... ich wollte nicht. Allzu schlecht möchte ich nicht über Frau Obst sprechen. Schließlich wüsste ich ohne ihre lächelnd vorgetragenen Hinweise nicht, wann ich meine Fenster zu putzen habe oder dass es ein Unding ist, wenn Frauen sich auf der Türschwelle sonnten. Abends scheint die Sonne in unseren Laubengang, und mir ist es völlig egal, ob es ein Unding ist oder nicht. Im Sommer sitze ich vor meiner Haustür und lese. Sogar in kurzen Röcken.

Dass Herr Meier und Frau Obst sich nicht mögen, ist meine Schuld. Oder besser die Schuld eines Lumpens und eines Bikinihöschens, die beide mir gehören. Jetzt nicht mehr. Der Lumpen hängt als Mahnmal bei Meier auf dem Balkon, und das Höschen ist auch weg. Vorletzten Sommer fing Frau Obst mich ab. Sie käme gerade von der Eigentümerversammlung, und man hätte sich darauf geeinigt, dass den Bewohnern nahegelegt wird, ihre Wäsche nicht mehr auf dem Balkon zu trocknen. Man könne es nicht verbieten, aber man bitte darum. Ich wollte gerade etwas von Blödsinn murmeln, als sie weitersprach. Herr Meier hätte sich bitter über einen Lumpen und ein Höschen beschwert, die ihm auf den Balkon geflattert sind. Ich wurde still, denn seit einigen Tagen vermisste ich beides. Auf Herrn Meiers Balkon hätte ich es allerdings nicht vermutet. Während ich noch überlegte, wurde die Stimme von Frau Obst schrill. Ich hatte ihr nicht zugehört und stieg erst wieder ein, als sie vor Wut bebend erzählte, dass sie von Herrn Meier vor der versammelten Eigentümerschaft beschuldigt wurde, ihre Fetzen auf seinen Balkon geschmissen zu haben. Ich trage keine Fetzen und atmete auf. Es wäre mir peinlich gewesen, wenn dieses alte, ausgeleierte Teil von Bikinihöschen in fremde Finger gelangt wäre. Aber ein Fetzen ... nein, so schlimm war es nicht. Frau Obst sprach weiter. Von einem blau-grün-grau gestreiften Ding, von dem Herr Meier behauptete, es müsse einer korpulenten Frau gehören.

Ich flüchtete ohne ein Wort. Es war meines. Herr Meier konnte nicht wissen, dass Bikinis nach ein paar

Urlauben mit ausgedehnten Bädern in Salzwasser ihre Elastizität verlieren und nur noch auf dem Balkon getragen werden, weil sie ausgeleiert nicht mehr sitzen und dann womöglich tatsächlich etwas größer wirken. Der Lumpen gehörte auch mir. Es war windig gewesen, und ich besitze keine Wäscheklammern. Das Oberteil des Bikinis entsorgte ich im Müll an einer Bushaltestelle in der Nähe meiner Arbeit. Ich glaube zwar nicht, dass Herr Meier im Müll wühlt, aber bei Frau Obst bin ich mir nicht sicher. Seit diesem Tag sprechen die beiden kein Wort mehr miteinander. Sie tragen ihre verbalen Wortgefechte in den halbjährlich stattfindenden Eigentümerversammlungen aus. Mein Vermieter besucht diese in erster Linie, um sich zu amüsieren, und erzählt mir davon. Auch, dass Frau Obst den Backshop nicht mag, weil sie sich gewünscht hätte, dass eine Apotheke dort einzieht. Es fand sich kein williger Apotheker, und das nimmt Frau Obst den neuen Pächtern übel. Herr Meier, der bis vorletzten Sommer nie etwas sagte, unterstellte ihr laut Bericht meines Vermieters Ausländerfeindlichkeit.

Wenn ich hier fertig bin, schaue ich mir meinen Bausparvertrag an. Ich würde meine Wohnung gerne kaufen. Nicht als Geldanlage. Nein, ich will zu den Eigentümerversammlungen. Das scheint mir unterhaltsam zu sein. Außerdem muss ich ein gutes Wort für die Vietnamesen einlegen – seit einiger Zeit esse ich ihre Frühlingsrollen zum Frühstück.

Vier-Minuten-Gespräche

Wikipedia definiert Routine als eine Handlung, die durch mehrfaches Wiederholen zur Gewohnheit wird, und beschreibt dadurch zutreffend eines meiner morgendlichen werktäglichen Rituale. Pünktlich um 6.51 Uhr stehe ich am kleinen Kiosk im U-Bahn-Untergeschoss und kaufe eine Tageszeitung und ein einzelnes Ferrero Rocher. Der Duden definiert die Routine dagegen als Ausführung einer Tätigkeit, die zur Gewohnheit geworden ist und jedes Engagement vermissen lässt. Wenn ich davon ausgehe, dass das Aushändigen meiner Zeitung auch für die drei Kioskmitarbeiter längst zur Routine geworden ist, muss ich dieser Beschreibung widersprechen. Sie zeigen Engagement. Mehr noch – anstelle von Routine wird mein täglicher Einkauf durch sie zur liebgewonnenen Tradition.

Obwohl ich seit mehreren Jahren täglich vor dem kleinen Fenster stehe, kann ich mir partout nicht merken, wer von den dreien an welchem Tag arbeitet. Nur donnerstags. Da weiß ich, dass Hilde mich bedient. Donnerstags kaufe ich anstelle der Tageszeitung die inTouch. Peinlich, ich weiß. Seichter geht es kaum. Grausam. Unterirdisch. Nur Fotos von Promis, kaum Text. Hilde ist es genauso peinlich wie mir. Deshalb nimmt sie die Zeitung nicht mit nach Hause, sondern liest sie morgens, bevor die ersten Kunden kommen. Um 6.51 Uhr ist sie bereits bestens informiert und begrüßt mich ungeduldig vor dem Kiosk stehend. Dass wir eigentlich nicht zugeben würden, diese Zeitung zu lesen, ignoriert Hilde. Und ich auch. Wir haben vier Minuten, bis ich zu meiner U-Bahn rennen muss. Vier Minuten, in denen wir über Schwangerschaften, Diäten, Trennungen und Cellulitis sprechen. Nicht unsere. Die von Heidi, Sabia, Beyoncé und Angelina. So sehr wir unseren Donnerstags-Tratsch lieben, nach den wenigen Minuten reicht es dann auch wieder. Es gibt schließlich Wichtigeres. Wobei . . . Heidi Klum ist seit ihrer Diät wirklich extrem faltig geworden.

Ist Hilde nicht da, schiebt mir fast immer Traudl die Zeitung über den Tresen. Traudl würde sich nie über Prominente unterhalten. Überhaupt spricht Traudl eher wenig und konzentriert sich auf das Wesentliche. Lange Zeit schob sie mir das Wechselgeld kommentarlos zu und erwiderte meinen Gruß nur mit einem angedeuteten Kopfnicken. Sie sprach mich das erste Mal am Morgen nach meiner schlimmsten Trennung an. Ich war weder verheult noch sagte ich einen Ton. Trotzdem merkte Traudl, dass es mir nicht gutging. Anstelle meiner Zeitung reichte sie mir einen Becher heißer Schokolade und eine Packung Taschentücher durch das kleine Fenster. »Ein Mann?«, erkundigte sie sich, und ich nickte. An diesem Tag verpasste ich nicht nur eine U-Bahn. Ich verpasste mindestens fünf und lernte einen Menschen kennen, der mich jetzt seit über fünf Jahren begleitet.

Traudl weiß sehr viel über mich. In kleinen Häppchen erzählen wir uns, was uns beschäftigt und uns wichtig erscheint. Vier Minuten reichen uns dabei selten. An den »Traudl-Tagen« verpasse ich meistens meinen Anschlusszug. Wie könnte ich sie auch unterbrechen, wenn sie mir von ihrer Schilddrüsen-Operation oder den gesundheitlichen Problemen ihrer fast hundertjährigen Mutter erzählt? Sie ist ein Sammelsurium an Münchner Anekdoten. Kennt das Viertel wie ihre Westentasche und hat das herrlichste und lauteste Lachen, das ich kenne. Wen Traudl in ihr großes Herz geschlossen hat, kann sich glücklich schätzen. Er findet immer ein offenes Ohr und fühlt sich nach einem kurzen Gespräch mit ihr glücklicher und verstandener als zuvor. Wenige Augenblicke reichen dieser über siebzigjährigen Frau für eine knappe und messerscharfe Analyse ihres Gegenübers. »Heid gehst amoi wieder hoam, zum Bappa. Des muas ausgredt wearn[1]«, sagt sie mir bei Familienchaos, und ich weiß, sie hat Recht. Oder: »Jetza ruaf eahm oh![2] Der wart' doch drauf«, wenn ich mich nicht traue, den ersten Schritt zu machen.

Aki und ich kamen ins Gespräch, als ich mein Buch der Woche auf den Tresen knallte. Er griff danach. »Fontane? Ey, cool, der Alte.« Kein Witz, das waren seine Worte. Für Aki war Fontane ein cooler Alter. Ich

---

[1]Heute gehst du mal wieder nach Hause, zu deinem Vater. Darüber muss gesprochen werden.

[2]Jetzt ruf ihn an!

71

nickte und grinste ihn – arrogant, wie er mir Monate später vorhielt – an. Ich ließ ihm das Buch da. Nach einer Woche gab er es mir zurück. Effi und der Alte. Das ginge ja mal gar nicht, meinte Aki. Aber cool, der Alte – diesmal war Fontane gemeint. Trotzdem nicht so seines, aber das erste Buch, das er seit Jahren gelesen hätte. Wer sich mit Anfang zwanzig, mir zuliebe, durch Effi Briest quält, hat mein Herz erobert. Im letzten Jahr fütterte ich Aki mit »Schöne neue Welt«, »Geschlossene Gesellschaft« von Sartre, »Die Farm der Tiere« von Orwell, »Moby Dick« und einigen Büchern mehr. Er hat sie alle gelesen und revanchiert sich mit USB-Sticks voller Musik, die teilweise richtig schlimm und oft genial ist.

Aki ist mein adoptierter kleiner Bruder. Hilde meine Vier-Minuten-Tratsch-Schwester im Geiste – und Traudl ... ach, Traudl ist mir so vieles! Heute sagte sie mir, dass der Kiosk Ende nächster Woche schließen würde. Ein Backshop käme hinein. In der U-Bahn habe ich geheult. Ohne die drei in die Woche zu starten erscheint mir unmöglich. Erst seit heute Morgen weiß ich, wie wichtig sie mir geworden sind.

Herr Meier und die AfD

Es muss viel passieren, damit Herr Meier im Nieselregen auf offener Straße stehen bleibt. Bei schlechtem Wetter verlässt er das Haus für gewöhnlich gar nicht, und wenn es sich nicht vermeiden lässt, dann eilt er grußlos und mit hochgeschlagenem Mantelkragen an seinen Mitmenschen vorbei. Dass er bei Wind und Regen zwischen Post und Telekomladen stehen bleibt und drei Männern beim Aufbau ihres Informationsstandes zusieht, ist mehr als ungewöhnlich. Sein Schal flattert in einer Böe, als ich vom Einkaufen zurückkomme und ihn noch immer an der gleichen Stelle stehen sehe. Mittlerweile erkennt man auch, wer die Giesinger heute informieren möchte. Unter den durchnässten Sonnenschirmen steht ein drei Mann starkes Kompetenzteam der AfD.

Herr Meier hat geduldig gewartet, bis sie den Aufbau abgeschlossen hatten, und ist dann mit einer Handvoll Informationsmaterial gegangen. Der Meier und die AfD, das passt nicht. CSU ist wahrscheinlich, SPD würde mich wundern und die Grünen würde ich nicht ausschließen, weil Herr Meier mich schon öfter überrascht hat. Obwohl Herr Meier der einzige Wutbürger ist, den ich persönlich kenne, irritiert mich sein Interesse. Ich habe wohl zu intensiv darüber nachgedacht und bin zu lange im Radius des Infostandes gestanden. Ein dummer Fehler, den ich eigentlich zu vermeiden weiß und jetzt trotzdem einen Flyer in der Hand halte. Frühsexualisierung und Gender-Mainstream. Kann man sich mit befassen, muss man aber nicht. Mich erinnert es an eine Kneipe in meiner Kindheit. Eine, die in München als Boazen beschrieben wird und die es in meinem Viertel an jeder Ecke gab. Direkt gegenüber unseres Hauseinganges war das Stüberl. Eine Kneipe, in der freitags der Lohn versoffen wurde, Schlägereien an der Tagesordnung waren und mein Vater nur ein einziges Mal war. Als er sich ausgesperrt hatte und auf die Toilette musste. Er hat es mir gerade am Telefon erzählt. Ich konnte mich daran nicht erinnern. Für mich war es eine gewöhnliche Kneipe, in die ich regelmäßig ging, um mir ein Eis zu kaufen. Mit 50 Pfennig in der Hand schob ich den Vorhang aus bunten Plastikstreifen zur Seite und tauchte in das nach Bier und Rauch riechende Dunkel ein. Tagsüber saßen nur ein paar Männer an den Tischen, trotzdem war es kaum der Ort, an dem man eine Fünfjährige Eis kaufen lässt. Dass ich es dennoch durfte, lag an Margot.

Margot war die Wirtin der Kneipe, und, wie der Name vermuten lässt, eine Frau. Für mich war Margot aber ein Mann. Raspelkurze Haare, bekleidet mit Jeans und ausnahmslos immer mit einem Holzfällerhemd aus Flanell. Ganz klar ein Mann. Dass der Mann Margot hieß, irritierte mich nicht. Dass er das Klischee einer Kampflesbe zu hundert Prozent erfüllte, auch nicht.

Margot war ein Mann. Der liebste überhaupt. Ich habe schon als Kind so viel und so gerne geplappert wie heute und habe mich oft bei Margot herumgetrieben. Sie sorgte schon dafür, dass wir uns eher vor der Kneipe als darin unterhielten, und wahrscheinlich hatte auch meine Mutter vom Küchenfenster aus einen Blick auf mich. Ich selbst liebte diese Kneipe, und finde, dass sie es absolut verdient hat, zu meinen schönsten Kindheitserinnerungen zu zählen. Nicht nur wegen des Minimilks oder Flutschfingers – der bevorzugten und finanziell erschwinglichen Eissorten. An Margot denke ich beim Blick auf den Zettel mit Frühsexualisierung. Ne, ich sehe da keine Gefahr. Mein liebster erwachsener Freund mit fünf war eine Lesbe, die ich für einen Mann hielt, und es hat mich nicht geprägt. Auch nicht die enge Freundin, die eine Freundin hatte und die wir nie als Lesbe bezeichnet hätten, weil es viel zu normal war, als dass man dafür einen anderen Begriff gebraucht hätte. Heute ist sie ein Mann, und auch das hat nicht dazu geführt, dass ich auch nur eine Sekunde über meine eigene Sexualität nachgedacht hätte. Vielleicht hätte ich auch noch über Gender-Mainstream nachgedacht, aber dafür war es erstens zu ungemütlich und zweitens war mir die vermeintliche Kompetenz der AfD beziehungsweise deren heutiger Vertreter zu blöd. Ich hörte, was sie einem anderen auf Nachfrage zu erklären versuchten, und bin weitergegangen. Wer Flyer verteilt, sollte doch wenigstens wissen, was die Schlagworte darauf für ihre Partei bedeuten, und nicht bloß platte Parolen nachplappern.

Im Hausflur steht Herr Meier, hat sein Fahrrad vor dem Lift aufgebockt und kratzt den Dreck aus dem Profil der Fahrradreifen. Mein liebster Wutbürger wird bald die geballte Wut unseres Hausmeisters zu spüren bekommen. Dass Herr Meier für diese Drecksarbeit den zuvor abgeholten Flyer der AfD benutzt, rückt mein Bild seiner politischen Gesinnung wieder dahin, wo ich sie vermutet habe. Ich schiebe mich an ihm vorbei zum Lift, bleibe mit den Taschen am Hinterrad hängen und werde angeschnauzt. Jetzt ist er wieder ganz der Alte.

Bei leisem Schnurren gibt es nur eine richtige Antwort

Meine Nachbarin Judith kann Paul nicht ausstehen. Das weiß ich, weil sie es mir gesagt hat. Das ist kein großes Unglück, denn mein Nachbar Paul kann mit Judith auch recht wenig anfangen. Das wiederum weiß ich, weil er, wenn sie am Lift steht, grundsätzlich die Treppen benutzt, nur um nicht mit ihr sprechen zu müssen. Bei jeder Treppenbenutzung Pauls steigt Judiths Abneigung. Aktuell befindet sie sich auf dem Level eines missbilligenden Schnaufens, wenn er an ihr vorbeiläuft. Mitte des Jahres wird sie ihr Schnaufen durch ein Schnalzen der Zunge ersetzen. Dann fehlt nicht mehr viel, und nächstes Jahr läuft Paul Gefahr, dass sie ihm im Vorbeigehen ein Bein stellt. Judith ist nachtragend. Seit sie mit Paul vor zwei Jahren anlässlich unseres Hinterhof-Flohmarktes einen Kaffee getrunken hat und er sie fragte, wann das Kleine denn kommen würde, spricht sie nicht mehr mit ihm. Das Kleine war zu diesem Zeitpunkt bereits vier Monate alt und lag schlafend im Kinderwagen neben ihr.

Noch heute echauffiert sie sich an schlechten Tagen im Waschkeller, dass er ihr die Frage mit purer Absicht gestellt habe, um sie auf die Schwangerschaftspfunde aufmerksam zu machen. Ich versuchte sie zu beruhigen. Paul war nicht unverschämt, sondern nur abgelenkt.

Abgelenkt von einer hübschen Brünetten, die einen Stapel Bücher durchsah und genau in sein Beuteschema passte. Ein recht anspruchsloses Schema, wie Judith nicht müde wird zu betonen. Alles was weiblich, hübsch und zwischen zwanzig und fünfzig Jahre alt ist, würde von unserem Nachbarn gnadenlos taxiert werden, schimpfte sie über Wochen. Erst als ich in einem Nebensatz erwähnte, dass sie – wüsste ich es nicht besser – fast ein wenig eifersüchtig klingen würde, verebbte das Geschimpfe und wich dem missbilligenden Schnaufen.

Dieses ertönte auch vor einigen Tagen, als wir uns vor dem Lift trafen. Diesmal konnte Paul nicht ins Treppenhaus flüchten. An seiner Hand befand sich eine humpelnde Frau. Weiblich, hübsch und zwischen zwanzig und fünfzig Jahren alt. Manchmal reicht ein freundliches Kopfnicken zur Begrüßung. Besonders dann, wenn eine humpelnde unbekannte Frau sich wie ein Kätzchen an den Arm des Nachbarn schmiegt und dieser angesichts der zur Schau getragenen Zuneigung peinlich berührt auf seine Schuhspitzen starrt. Judith reichte es nicht. Sie scheint schnurrende Frauen nicht besonders zu mögen und blickte unverhohlen zu dem Paar hinter uns. Kennen Sie den Ausdruck im Gesicht eines Menschen, wenn dieser unverhofft die langersehnte Gelegenheit bekommt, einem anderen verbal eine Ohrfeige zu verpassen? Dann zuckt es in den Mundwinkeln und die Augen blitzen auf, bevor sich die Gesichtszüge entspannen und ein vor Freundlichkeit triefendes Lächeln die Lippen umspielt.

Und kennen sie den flehenden Ausdruck im Gesicht eines Mannes, wenn dieser mit einem Blick darum bittet, man möge den Moment einfach ruhig vorbeiziehen lassen? Judith kannte ihn. Vielleicht hätte sie die Gelegenheit auch ungenutzt verstreichen lassen, wenn Pauls Mimik nicht im letzten Moment aus der Rolle gefallen wäre. Sein Blick flehte nicht, sondern warnte sie mit einem kurzen Aufblitzen, dass sie doch bitte einfach den Mund halten solle. Bei Gelegenheit werde ich ihm den feinen, aber wichtigen Unterschied erklären. In diesem Moment war es zu spät. Judith atmete ein und fragte: »Deine Freundin?« Hat man eine sich anschmiegende Frau am Arm, gibt es für einen Mann nur eine richtige Antwort. Ein klares und sofortiges »Ja!«. Paul zögerte, und noch bevor sich die Türen des Aufzugs öffneten, änderte sich der Blick seiner Begleitung. Dass er sie zwischen den Stockwerken als »Katja« vorstellte und den Arm um ihre Schultern legte, wird ihn nicht mehr gerettet haben. Mit einem zufriedenen Lächeln stieg Judith im zweiten Stock aus. Ich vermute, dass ihr Seelenfrieden, Paul betreffend, nun wiederhergestellt ist.

Gestern Abend fuhr Paul direkt vor mir in die Garage. Ich schmiegte mich verfroren an den Rücken des Mannes, der dazu bestimmt ist, die größte Herausforderung für mein emotionales Gleichgewicht zu sein. Müde beobachtete ich das langsame Senken der Duplexvorrichtung und hätte geschnurrt, wenn es mir nicht zu blöd gewesen wäre. Pauls Duplexgarage fährt schneller nach unten als die meine, und er hielt uns geduldig die Tür zum Treppenhaus auf. »Dein Freund?«, erkundigte er sich süffisant grinsend, als wir zu dritt auf den Lift warteten. Der Mann, dessen Rücken ich so schätze, war nicht angesprochen. Dennoch antwortete er, ohne zu zögern, mit einem klaren »Ja«. Ohne Ausrufezeichen. Er gehört zu den Männern, die alles, was sie sagen, ruhig und gelassen aussprechen. Nur wenn sie gar nichts sagen, dann tanzen Ausrufezeichen in der Luft. So wie im Lift. Da waren sie zwischen uns, bis Paul, noch immer grinsend, ausstieg und mich mit einem »bis bald« verabschiedete. »Dein Freund?« Die Frage hörte ich gestern am späten Abend noch einmal. Ruhig und gelassen gestellt und diesmal auf Paul bezogen. Ich wischte die in der Luft hängenden Ausrufezeichen mit einer Handbewegung vom schönen Rücken vor mir. Alles im grünen Bereich. Leise schnurrend erzählte ich vom Hinterhof-Flohmarkt und vermeintlichen Schwangerschaftspfunden. Kurz bevor ich einschlief, hörte ich ihn noch fragen, ob meine Nachbarin Judith die Rothaarige ist. Er hätte ihr letztens fast gratuliert.

TANZ!

Samstag sah ich den Tod. Ein weißes Gerippe unter einem schwarzen, langen Umhang. Die weite Kapuze tief über die knöcherne Stirn des blanken Schädels gezogen, schlich er sich langsam und ohne Eile heran. Er ist ein großer, schlanker Mann. Natürlich ist er schlank. Denn dort, wo das Fleisch und das Fett des Körpers fehlen, ist ein jeder dünn. Dass pure Knochen schön sein können, wusste ich nicht. Aber er war schön. Der Tod war ein schöner Mann.

Ich brauche keine Führung durch meine nächtliche Stadt, um zu wissen, dass sie besondere und zauberhafte Orte bereithält. Im Winter reicht es, den Christkindlmarkt im Kaiserhof der Residenz zu meiden und durch den Kapellenhof in den Brunnenhof zu laufen. Weniger Schritte nur, um die Gerüche, Geräusche und Menschenmassen des Weihnachtswahnsinns hinter sich zu lassen. Ein paar Meter, und man wird von sanft beleuchteter Stille umhüllt und steht zwischen dem sechzehnten und siebzehnten Jahrhundert in völliger Ruhe. Ich kenne die Orte, dennoch lief ich sehr gerne mit und lauschte den schaurigen Erzählungen vergangener Zeiten. Mit dem Tod rechnete ich nicht. Auch nicht mit der hübschen Musik, die an einem kleinen Brunnen in völliger Stille plötzlich erklang. Der Tod kam ganz leise und sagte kein Wort. Er umkreiste die, die eben noch plauderten und lachten, nun verstummt waren und still auf ihn blickten. Man weiß es ja. Wenn er die Hand zum Tanz reicht und sich höflich verbeugt, dann heißt es Abschied nehmen und sich in seine Arme begeben. Es ist eine sanfte, fast liebevolle Geste, mit der er die Hand reicht. Er reicht sie wie ein verlockendes Angebot, jetzt alles hinter sich zu lassen, loszulassen und für einen letzten Tanz in seine Arme zu sinken. Die Stille gehört zu ihm, aber weil er um die Menschen weiß, schenkt er einem jeden die passende Musik zu seinem Abschied.

Es waren Schauspieler. Der Tod war ein Schauspieler. Ich wusste es. Aber in diesem kurzen Moment hätte auch ich ihm die Hand gereicht und wäre ihm glücklich und mit einem Lächeln auf den Lippen gefolgt. Lange habe ich nicht mehr an das Bild des zum Tanz auffordernden Todes gedacht. Es ist eine beruhigende Vorstellung, am Ende zufrieden und ohne Angst zu gehen. Ich weiß nicht, ob meine Großmutter mit diesem Bild gestorben ist, aber so möchte ich es mir vorstellen. Ich will glauben, dass sie sich ruhig und gelassen zum letzten Tanz auffordern ließ. Sie tanzte so gerne, und ich kann mir vorstellen, wie sie auch mit über neunzig kokett lächelte und seine Hand ergriff. Ich bewahre mir das Bild. Es ist unendlich traurig, einen alten Menschen gehen zu lassen, aber es kommt der Zeitpunkt, an dem man spürt, dass es jetzt in Ordnung ist. Gestern sah ich meine Großmutter tanzen. Ich hatte Tränen in den

Augen, aber es war ein wunderschönes und friedliches
Bild.

ZAM RUCKA – U-BAHN-GEDANKEN

Ich mache mir keine Sorgen, dass mir für meine Kurzgeschichten die Themen ausgehen. Nicht, solange es den Münchner Nahverkehr und seine Fahrgäste gibt. Die Benutzung von U-Bahn, Bus und Tram ist ein Garant für täglich neuen Stoff. An manchen Tagen muss ich mich nicht einmal anstrengen, um die aufgeschnappten Gesprächsfetzen zu einer schönen Geschichte zu spinnen. Manchmal reicht es, sich in der Abendsonne an der Bushaltestelle zurückzulehnen und den Dingen ihren Lauf zu lassen. Am Montag zum Beispiel. Da saßen zwei junge Männer auf einem Sofa an der Bushaltestelle und teilten sich eine Flasche Bier. Leider handelte es sich nur um einen Zweisitzer, sonst hätte ich mich glatt dazugesetzt, weil es gar so gemütlich aussah.

In München ist es nicht unbedingt alltäglich, dass man sein Sofa an die Bushaltestelle schleppt, wenn man auf den Bus wartet. Es empfahl sich daher, die Situation ein wenig zu beobachten. Die Chance, dass man gleich großes Kino für kleines Geld bekommt, war groß. Ich setzte mich auf die Bank hinter den beiden und wartete. Und glauben Sie mir, es hat sich gelohnt. Der erste heranrollende Busfahrer brüllte schon über das Außenmikrophon »Vergesst es!« Er hätte es nicht sagen müssen. Selbst mir, mit schwach ausgeprägtem räumlichem Vorstellungsvermögen, war klar, dass man mit dem Sofa niemals um die Ecke des Einstiegs gekommen wäre. Den biertrinkenden Spaßvögeln nicht – sie diskutierten, und ich lehnte mich zurück und genoss. Der zweite Busfahrer fauchte durch die halb geöffnete Tür ein zärtliches »Deppen!« Man muss einige Zeit in München gelebt haben, um zu verstehen, dass es sich hier um kein Schimpfwort handelt. Das Finale rollte mit Bus Nummer drei heran. Sie müssen sich den Wortwechsel so vorstellen:

»Nein!«

»Bitte!«

»Nein!«

»Bitte!«

Etwa zehn Mal. Auch das ist typisch München. Wir verlieren nicht viele Worte, die wenigen wiederholen wir aber so lange, bis einer aufgibt. In diesem Fall hat der Busfahrer verloren. Er fiel aus seiner Rolle und brüllte irgendwann »Fahrplan! Ihr Deppen! Mein Fahrplan!« In München sind das drei vollwertige Sätze.

Da wo Münchener Busfahrer grantig und missmutig sind, sind Münchner Trambahnfahrer cholerisch und hochgradig aggressiv. Ich vermute, dass der Hang zu verbalen Totalaussetzern Einstellungsvoraussetzung ist. Seit vor einigen Jahren ein Trambahnfahrer Ärger bekam, weil er einen Nichtmünchner via Außenlautsprecher als »kapitales Arschloch« betitelte, nutzen die verbliebenen Kollegen lieber ihre Signalbimmel. Machen Sie sich einmal den Spaß und blockieren Sie beim Abbiegen für einen kurzen Moment die Trambahngleise – das lässt sich manchmal ja nicht verhindern. Das hochrote, wütende Gesicht des Schaffners entschädigt Sie für den Hörschaden, den selbiger durch sein lautes und penetrantes Gebimmel verursacht. Dann müssen Sie aber schnell weiterfahren. Der arme Mann würde sonst vor Wut ersticken oder einen Infarkt erleiden.

Wir Münchner machen uns gerne einen Spaß daraus, die zu ärgern, die uns täglich durch die Stadt kutschieren. In der U-Bahn zum Beispiel bleiben wir beim Ein- und Aussteigen grundsätzlich für einen kurzen Moment in der Tür stehen und blockieren alles. Jeder Einzelne von ein paar Tausend Münchnern, die morgens am Hauptbahnhof umsteigen müssen, macht das so. Den Grund hierfür kann ich Ihnen leider nicht sagen – ich weiß ihn nicht. Aber geben muss es einen, so saublöd, grundlos stehen zu bleiben, können wir schließlich nicht sein. Überhaupt lieben wir es, unsere Schaffner an den Rand des Wahnsinns zu bringen, und legen dabei eine bewundernswerte Kreativität an den Tag. Fahren Sie doch einmal im Sommer mit der Linie 18. Die Chance, dass Sie neben einem halbnackten, nassen jungen Menschen Platz nehmen werden, ist recht hoch. Auch dass beim Einsteigen der Halbnackten der Trambahnschaffner ausflippt, ist zu erwarten. Er tut das schließlich über Wochen, den ganzen Sommer hindurch, mehrfach täglich an immer der gleichen Haltestelle. Dann plärrt er durch die Wagen, dass er für den Scheiß verantwortlich ist und sein Job auf dem Spiel steht und überhaupt, dass die Idioten sich gefälligst verpissen sollen. Mit dem Innenlautsprecher ist das okay – die Münchner Tram ist ein rechtsfreier Raum.

Nachdem der Schaffner sich ausgebrüllt hat, raunzt er noch einige letzte Drohungen durch das Mikro und geht dann zu den Verhaltensregeln über. Dann schallt es noch immer grantig, aber schon ruhiger: »Wehe es setzt sich einer von euch hin! Wer nass ist, steht, oder ich schmeiß ihn raus! Hochkant!« Die angesprochenen Personen fühlen sich nicht angesprochen, sondern sehr sicher, dass sie sicher nicht rausgeworfen werden. Es wäre auch ein Ding der Unmöglichkeit, einzelne nasse Subjekte zwischen den Luftmatratzen, Badeinseln und überhaupt zwischen den dicht an dicht gedrängten Menschen herauszuziehen. Dass man sich noch in einer Straßenbahn und nicht an der Kioskschlange an einem Badesee befindet, erkennt man daran, dass sich neben den vielen Leuten in Badehose und Bikini mindestens genauso viele Anzugträger auf dem Weg nach Hause und Touristen aus aller Herren Länder befinden. Der öffentliche Nahverkehr in München schmeißt hier alles zusammen. Alle Schichten, alle Altersklassen und Lebensphasen findet man in den Sommermonaten in der Trambahnlinie 18 am Englischen Garten auf wenigen Quadratmetern zusammengepresst. Auch für die hat unser Schaffner ein paar nette Worte übrig. »Zam

Rucka! Sonst geht da goa nix mehr. Rucka, sog i!« Er bittet uns mit diesen Worten, auch den Raum in der Mitte des Wagens zu nutzen.

Warum wir überhaupt im Bikini in der Straßenbahn sind? Na, wir ließen uns im Eisbach quer durch den Englischen Garten treiben. Das ist wegen der Strudel eigentlich verboten, aber es ertrinken in den Sommermonaten so wenige, dass man es durchaus riskieren kann. Dann müssen wir natürlich wieder irgendwie zurück. Und es sähe ja bescheuert aus, wenn wir im Bikini die Straße entlanglaufen würden.

EINE UNVERSCHÄMTHEIT

Wenn Frau Obst sich in den Waschkeller begibt, dann ist sie auf Krawall gebürstet. Eigentlich hätte sie hier unten nämlich nichts zu suchen. Sie besitzt sowohl eine Waschmaschine als auch Trockner in ihrer Wohnung. Das weiß ich, weil sie beides mit Vorliebe am frühen Samstagmorgen laufen lässt und mich gerne daran erinnert, dass nur faule Menschen am Samstag ausschlafen. Ausschlafen ist allenfalls am Sonntag erlaubt – sofern man den Kirchgang am Vorabend bereits hinter sich gebracht hat. Frau Obst ist in dieser Beziehung eine klasse Theoretikerin. Praktisch ist sie schon vor Jahren, nach einem Disput mit dem Chorleiter ihrer Gemeinde, aus der katholischen Kirche ausgetreten. Der Herrgott würde es ihr nachsehen, erzählte sie. Er, mit dem sie recht eng verbunden ist, hätte zweifellos Verständnis dafür, dass sie unmöglich an einem Gottesdienst teilnehmen könne, der musikalisch von einem Kinderchor untermalt wird, der von einem geschiedenen Mann geleitet wird. Sodom und Gomorrha. Der Besuch der anderen, nur eine Trambahnstation entfernten Kirche ist selbstverständlich keine Alternative. Wenn Frau Obst also den Waschkeller aufsucht, dann nur, weil sie schlechte Laune hat und ein Opfer sucht, an dem sie selbige auslassen kann.

Eine bodenlose Unverschämt sei das, sagt Frau Obst und deutet auf eine der Waschmaschinen. Obwohl ich den Kopf schief lege und die Augen zusammenkneife, kann ich keine Unverschämtheit erkennen. Nur Wäsche, die sich langsam und gemächlich in der Trommel dreht. Vielleicht etwas wenig Wäsche. Aber nichts Schlimmes. Unverschämt war der Flokati, der mit seinen Flusen den Abfluss verstopfte und meine dunkle Wäsche versaute. »Schauen sie!«, befahl Frau Obst und zog mich nach unten. Gemeinsam hockten wir vor der Maschine und blickten durch das Glasfenster der Trommel. Eigentlich nur Frau Obst. Ich starrte sie an, weil ich ihr nicht zugetraut hätte, dass sie überhaupt noch in die Hocke gehen kann. Dann sah ich es. Ein Leintuch. Ein einzelnes Leintuch, und das, wo Frau Obst extra einen Zettel angebracht hatte, der uns mitteilte, dass die Trommeln ordentlich gefüllt werden müssen. »Unverschämt«, murmelte ich und begann, die zweite freie Maschine mit meiner Wäsche zu füllen. Ein bisschen Solidarität und dann schnell verschwinden – das klappt meistens.

Eine Stunde später holte ich meine Wäsche, und wieder murmelte jemand etwas über Unverschämtheiten. Diesmal Paul, der vor der geöffneten Türe des Trockners hockte und auf die darin befindliche Wäsche blickte. Augenscheinlich nicht seine. Die hielt er nämlich in der Hand – ein einzelnes dunkelblaues Leintuch. »Schau«, sagte auch er, und ich hockte mich neben ihn. Es scheint die vorgeschriebene Körperhaltung für

Gespräche im Waschkeller zu sein. Ob ich wisse, was unverschämt ist, wollte er wissen. Ginge es nach Frau Obst, dann er, aber das sagte ich ihm nicht. Ein Mann, der so verzweifelt vor einem Trockner mit getrockneter, aber fremder Wäsche hockt und wartet, hat ein Date. Und eindeutig zu wenig Bettwäsche. Außerdem einen fragwürdigen Geschmack. Dunkelblaue und vor allem schimmernde Bettlaken ließen nichts Gutes für die restliche Schlafzimmereinrichtung erahnen. Es hat etwas Beruhigendes, dass selbst die vor Selbstbewusstsein strotzenden Männer kurz vor einem ersten Date nervös werden. Paul jedenfalls verließ den Waschkeller laut fluchend und murmelte etwas von »über der Heizung trocknen«. »Eine Dusche und eine ordentliche Rasur wären wohl auch zielführend«, rief ich ihm hinterher. In der Tür drehte er sich um und lächelte. Der kurze Anflug von Nervosität war vorbei. Er lächelte das gewohnt spöttische Lächeln, das nur Männer lächeln, die wissen, wie umwerfend ihr Lächeln ist. So einer steht ab und zu mit einer Flasche Wein vor meiner Türe. So einen habe ich einmal besucht, als in seinem Wohnzimmer ein Wäscheständer mit Bettbezügen stand. Über seine Matratze hatte er eine scheußliche Wolldecke geworfen, und das fehlende Kissen ersetzte seine Armbeuge, die überaus bequem war und sicher auch viel besser roch. Zugedeckt haben wir uns mit einer noch hässlicheren Decke. Ich hab' es erst morgens bemerkt. Abends sah ich nur sein Lächeln.

93

Ich bin mir sicher, dass auch Paul eine charmante Lösung für sein feuchtes Laken finden wird. Vielleicht bekommt er es über der Heizung noch trocken, vielleicht lässt er es auch einfach weg. Es scheint ihm schon jetzt egal zu sein, denn ich höre ihn im Treppenhaus munter pfeifen. Später sehe ich ihn an der Supermarktkasse. Zwei Flaschen Wein, Käse und Datteln liegen auf dem Band. Rasiert hat er sich nicht, aber er zwinkert der Kassiererin zu, und deren fröhliches Lachen bestätigt ihm, dass er es auch nicht muss. Bei Männern wie Paul reicht eine Dusche und die Art, wie sie einen ansehen, um über feuchte Laken, unfrisierte Haare, ungesaugte Böden und kratzige Wolldecken hinwegzusehen. Es ist eine Unverschämtheit.

LÄCHELN, DAS SAGEN SIE SO EINFACH

Heute ist der internationale Tag des Lächelns. Das interessiert hier aber niemanden. Meine Nachbarn und ich haben heute beschlossen, dass der regionale Tag der schlechten Laune ist. Ein Tag, dessen Ursprung in meinem Haus zu finden ist. Wir sind jetzt nämlich gerüstfrei. Sämtliche Bauarbeiten sind abgeschlossen, und wir können unsere Balkone wieder nutzen. Sogar die Fenster haben wir nach Abschluss der Fassadenrenovierung noch geputzt bekommen. Bei so einem Service nimmt man es auch gerne in Kauf, dass das Gerüst an einem Samstag um 6.50 Uhr mit lautem Geschepper abgebaut wird. Die Handwerker wollen ja auch noch etwas vom Wochenende haben. Dachten wir.

Seit gestern wissen wir, dass sie sich nur schnell aus dem Staub machen wollten, bevor das sonnige Herbstwetter in dauerhaften Nieselregen übergeht. Wären sie dann nämlich noch hier gewesen, dann hätten wir sie gefragt, wer auf die – nur auf den ersten Blick charmante – Idee gekommen ist, unsere Balkone zu Planschbecken umzugestalten. Oder, um mit Herrn Meier zu sprechen, welcher Depp hier gepfuscht hat. Ich vermute, es gibt eine Reihe von Deppen, die hier am Werk waren. Zunächst einmal der, der den Ablauf für das Regenwasser in drei Zentimeter Höhe in den Betonbalkon gebohrt hat. Es muss einiges an Regen fallen, damit dieser Abfluss Sinn ergibt. Ich beobachte die Pfütze auf meinem Balkon seit einigen Tagen, und nach ersten Hochrechnungen müsste es noch vier Wochen am Stück regnen, damit von der Seite genug Tropfen hineingeweht werden. Bei diesem Nieselregen habe ich nur eine langsam größer werdende Pfütze. Aber ich will mich nicht beschweren. Sie ist immerhin schon so groß, dass ich trockenen Fußes die Blumen nicht mehr zum Gießen erreichen kann. Fragen Sie bitte nicht, warum ich sie bei Regen gieße. Ich tue es, um mich über die Pfütze ärgern zu können. Depp Nummer eins hätte vermutlich jede Schuld von sich gewiesen, denn der Abfluss ist nur noch Deko oder für echte Sintfluten vorgesehen. Normales Regenwasser läuft jetzt nach innen, Richtung Dachrinne. Da sind Löcher im Beton, wie im Abfluss der Badewanne. Das Wasserproblem wurde durch eine leichte Schräge gelöst. Oder auch nicht.

Verantwortlich für die Schräge ist eine andere Gruppe Handwerker. Ich nenne sie liebevoll »die Vollidioten mit der Wasserwaage«. Schräg ist mein Balkon nämlich schon. Ich habe es mit einer Murmel getestet. Die rollt fröhlich nach hinten rechts, neben meine Balkontür. Egal von wo ich sie rollen lasse. Dumm nur, dass die Regenrinne noch immer hinten links ist. Ganze drei Meter weiter links. Rechts schwimmen meine Holzfliesen seit dem Regenguss heute Nachmittag, und es gibt ein lustiges Geräusch, wenn man darauf tritt. Als würde man mit Gummistiefeln im Regen durch einen Wald laufen. Tut man auch irgendwie, denn das Regenwasser schwemmt auch alle Herbstblätter nach hinten rechts. Ich habe die Fliesen wieder in den Keller geräumt. Jetzt, wo ich so schönen grauen Beton habe, brauche ich sie nicht mehr. Soll ja gut für die Abwehrkräfte sein, wenn man auf kaltem Beton steht. Dafür habe ich jetzt einen Gummischrubber, um das Wasser nach hinten links zu den Abflusslöchern zu befördern. Wie gut das klappt, bestätigte mir Herr Krüger von unten. Die dreckige Brühe würde entlang der Dachrinne auf seinen Balkon laufen. Es hätte fast funktionieren können, wenn auch er Abflusslöcher wie ich gehabt hätte. Hat er aber nicht. Herr Krüger hat gar keinen Ablauf. Da, wo wir nur ein kleines Planschbecken bekommen haben, hat er bei Regen und Säuberungsaktionen der drei Stockwerke über sich binnen kürzester Zeit einen ganzen Swimmingpool.

Und jetzt lächle ich doch. Ich stelle mir nämlich vor, was Herr Meier sagen wird, wenn er feststellt, dass auch sein Balkon keinen Ablauf hat. Herr Krüger wohnt direkt neben ihm und hat sich vorhin gefährlich weit über die Brüstung gelehnt, um das herauszufinden. Lächelnd hat er zu mir nach oben geschaut und den Daumen nach oben gestreckt. Alles wird gut. Herr Meier wird das in die Hand nehmen. Damit er in die Gänge kommt, habe ich Judith, die über Herrn Meier wohnt, meinen Gummischrubber über den Balkon gereicht. Wenn Herr

Meier das für unser Haus geregelt hat, dann schicken wir ihn nach Berlin. Wir hörten, es gäbe an einem Flughafen Probleme.

ACH, ANNA! – U-BAHN-GEDANKEN

Wir sind Gewohnheitstiere, die ihre Rituale selbst dann pflegen, wenn sie diese nicht einmal als solche erkennen. Anders ist es nicht zu erklären, dass die tägliche Fahrt zur Arbeit und zurück einem wiederkehrenden Eintauchen in einen in sich geschlossenen Mikrokosmos gleicht. Tag für Tag sitzen mir dieselben Menschen gegenüber, und obwohl ich mit keinem von ihnen spreche, sind sie mir vertraut. Nur ein kleiner Teil von ihnen sitzt wirklich jeden Tag am selben Platz, aber der Verstand neigt dazu, sich auf eben jene zu konzentrieren und die fremden Gesichter auszublenden. Ich bin die, die morgens immer bei der siebten Tür von vorne einsteigt, mit etwas zu lauten Absätzen ein bis zwei Türen nach vorne läuft, bevor sie sich ans Fenster setzt. Obwohl ich später vorne aussteigen muss und sich dort in den Ferien keine Schulkinder drängeln, steige ich an der siebten Türe zu und gehe erst beim Aussteigen ganz nach vorne. Abends ist es die fünfte Tür von vorne, die ich benutze, und die Gesichter sind andere als morgens, aber auch vertraut.

Wenn ich früher nach Hause gehe, gehört Annas Freund zu diesen Gesichtern. Ich weiß nicht, wie er heißt. Vor einigen Monaten saß er neben mir und sagte am Telefon: »Schlaf gut, Anna.« Zwei Worte nur, aber mit einem so warmen und liebevollen Tonfall, dass sie schöner klangen als das »Ich liebe dich«, zu dem ihn diese Anna am Ende des Telefonates nötigte. Damals sagte ich in Gedanken zu Anna, dass sie sich keine Sorgen machen muss. Ein Mann, der eine Frau in einem solchen Tonfall eine gute Nacht wünscht, muss ihr sehr zugetan sein.

Heute sitzt er mir gegenüber, und ich kann ihn ansehen. Es ist nahezu unmöglich, einen Menschen zu betrachten, der neben einem sitzt, ohne den Kopf zu drehen und neugierig zu wirken. Heute kann ich ihn ansehen, ohne zu starren. Er ist attraktiv. Ein bisschen zu schön. Seine Hände sind auch schön. Das dürfen sie ruhig sein. Hände und Finger können makellos sein, ohne langweilig zu wirken. Als Beobachter langweilt man sich mit seinen Händen sowieso nicht. Wie beim letzten Mal telefoniert er mit dem Headset und sitzt, bis auf die Bewegung seiner Finger, ganz still. Immer wieder streicht er mit den Daumen über den Rand der Plastikhülle und folgt einem unsichtbaren Muster. Es ist schön, seine Finger zu beobachten, denn obwohl sie ständig in Bewegung sind, wirkt ihr gleichmäßiges Streichen beruhigend. Auf mich. Seinem Gesprächspartner am Telefon bleibt der Anblick ja verwehrt. Er sieht auch nicht das angespannte Gesicht und das beständige Nicken, von dem ich nicht weiß, was es bedeutet. Ich sehe ja nur und höre außer einem leichten Stimmenrauschen nicht, worum es geht. Es ist kein schönes Telefonat.

Das sieht man an der Art, wie die Lippen zusammenge-
kniffen sind, und hört es an den zu tiefen Atemzügen.
Ab und zu schließt er für einen kurzen Moment die
Augen, und ich stelle mir vor, dass er in Gedanken
einzelne Wörter zu einem Satz zusammen fügt, dessen
Moment noch nicht gekommen ist. Obwohl ich in dem
Rauschen Annas Stimme nicht erkennen kann, hoffe ich,
dass sie nicht am anderen Ende der Leitung ist. Das
zustimmende Nicken wird immer öfter durch ein kaum
sichtbares Kopfschütteln ersetzt, und der Mund öffnet
sich bereits, um endlich auch zu Wort zu kommen.

Nach fünf Stationen sagt er leise: »Ich dich nicht.«
Ich hoffe für Anna, wenn sie es ist, der die Worte gelten,
dass er nur sagen möchte, dass er sie zum Beispiel nicht
gesehen hat. Vielleicht sagte sie ihm, dass sie ihn heute
Morgen noch am Bahnhof in den Wagen einsteigen sah
und das »Ich dich nicht« ist seine Antwort. Er meint
etwas anderes. Man sieht es an seinem Gesicht und
ahnt es, weil er für drei Worte zwei ganze Stadtteile
durchfahren musste. »Ich dich nicht« ist fast immer
eine ebenso klare Aussage wie »ich dich auch«. Ich
vermisse dich nicht. Ich will dich nicht. Ich liebe dich
nicht. Wenn man minutenlang auf drei winzigen Worten
kaut, dann meistens, weil sie vom Empfänger nur schwer
zu schlucken sind. Ob sie Anna galten, weiß ich nicht.
Vielleicht liege ich falsch und er wollte etwas anderes
sagen. »Ich wollte dich nicht verletzen.« »Ich wollte dich
nicht übergehen.« »Ich wollte dich nicht gehen lassen.«

Er steigt aus. Und so, wie er jetzt auf dem Bahnsteig steht und ins Leere blickt, spielt es auch keine Rolle mehr. Ach, Anna ... ich hoffe, du warst es nicht, mit der er gesprochen hat.

Irgendwann werde ich wieder früher gehen und wie immer bei der fünften Tür von vorne einsteigen. Irgendwann wird Annas Freund wieder in meiner Nähe sitzen. Und weil wir Gewohnheitstiere sind, wird er mit dem Headset telefonieren und ich ihm lauschend auf die Finger blicken. Vielleicht ist Anna dann wieder bei uns.

Herr Meier mag Schnecken

Können Sie sich noch an meinen Nachbarn, Herrn Meier, erinnern? Herr Meier versorgt mich im Herbst und Winter immer mit Walnüssen aus dem Garten seiner Tochter. Ab Mitte März liegen keine Nüsse mehr im Briefkasten. Dann weiß ich, dass Frühling ist und die Lieferung für einige Monate eingestellt wird. Herr Meier spricht nicht viel, und wenn wir uns vor dem Aufzug treffen, grüßt er nur mit einer knappen Kopfbewegung. Zwei bis drei Mal im Jahr murmelt er etwas, was man nachsichtig als ganzen Satz gelten lassen kann. Vorgestern zum Beispiel. Da wuchtete er die Einkaufstüten mit Schwung in den Aufzug, sah mich an und raunte: »Fünf Jahre?« »Vier«, verbesserte ich ihn und freute mich über dieses ausführliche Gespräch mit meinem Nachbarn.

Vier Jahre ist es her, dass der, der mir am meisten von allen bedeutete, nicht mehr neben mir im Aufzug steht. Überhaupt steht er nirgends mehr. Dass Herr Meier sich an ihn erinnert, überraschte mich, obwohl es mich eigentlich nicht überraschen sollte. Herr Meier ist über mein Leben bestens informiert. Sein Balkon ist schräg unter meinem, und in den Sommermonaten bringt er sich auf den neusten Stand. Obwohl ich beschwören kann, nichts Intimes oder Vertrauliches auf einem Großstadtbalkon zu besprechen, weiß Herr Meier alles. Dass er mich so gut kennt, liegt vermutlich auch an der Kneipe im Erdgeschoss. Ich war noch nie dort drin, aber ich kannte jemanden, der ab und zu dort verkehrte und am Tresen von Meier ins Kreuzverhör genommen wurde. Ich weiß nicht, wie Herr Meier es anstellte, dass er im Laufe von einigen Glas Bier ähnlich viel über meinen Freund erfuhr wie ich, aber er hat es geschafft.

»Unten gibt's Schnecken in Weißweinsauce«, teilte mir mein Freund mit, bevor er neben mir ins Bett fiel und binnen Sekunden einschlief. Mit »unten« meinte er die Kneipe, die das Herzstück unseres Hauses bildete. Und unten gab es auch Bier, denn das, was neben mir lag, roch stark danach. Es störte mich nicht sonderlich, dass mein Freund ein paar Bier trank. Dass er es in dieser schrägen Kneipe tat, eigentlich nur etwas aus dem Auto holen wollte und dann für vier Stunden verschwand, irritierte mich ein wenig. Am nächsten Morgen klärte er mich über den besonderen Charme einer Münchner »Boazn« auf. Dass es Kneipen waren, in die man zufällig stolperte und dort schuldlos von unsichtbaren Fäden festgehalten wurde. Wer ihn aus diesen Fäden befreit habe, erkundigte ich mich. »Johann«, war die Antwort. Dass mein Nachbar Herr Meier einen Vornamen hat, hielt ich bis zu diesem Tag für ausgeschlossen. Auch, dass man sich mit Herrn Meier unterhalten konnte. Überhaupt ... zwei Männer, die Jahrzehnte trennte und die ich beide als wortkarg einschätzte. Meinen Freund eigentlich nicht. Wenn es etwas zu sagen gab, dann sprach er viel. Mit mir stundenlang. Aber mit Meier? Ich unterschätzte Herrn Meier, denn an den wenigen Abenden, die er und mein Freund sich gefangen in den unsichtbaren Fäden der Kneipe befanden, schienen sie sich viel zu erzählen. Manchmal hörte ich sie, wenn ich im Sommer auf dem Balkon saß und das Stimmengewirr von den Tischen unter mir nach oben getragen wurde. Ich hörte sie auch, wenn ich in der Badewanne lag und den Kopf unter Wasser hielt. Die Rohre in unserem Haus übertragen die Geräusche überdeutlich. Das Lachen meines Freundes hätte ich aus Hunderten von Stimmen problemlos herausfiltern können. Ich kann es noch heute. Irgendwo in den Rohren hängt es, und manchmal bilde ich mir ein, es noch immer zu hören.

Mit den Monaten wurde »der Meier« zum Hans, und auf dem Balkon sitzend stellte ich fest, dass auch er längst nicht so wortkarg war, wie ich ihm unterstellte. Meier redete. So leise, dass ich nicht verstehen konnte, was er sagte, aber hörte, dass er einiges zu sagen hatte. Sie mussten ein seltsames Bild abgegeben haben. Der kleine, verknautschte Meier, der auch im Hochsommer eine graue Strickjacke trägt, und daneben mein Freund. Groß, gar nicht verknautscht und nie frierend. Meier mochte die Schnecken, mein Freund nicht. Er erzählte, dass er trotzdem jedes Mal eine Schüssel bestellte. Weil Meiers Rente nicht reichte, er aber keine Einladungen annahm. Er würgte zwei, drei hinunter und schob den Rest über den Tisch zu Meier. So ging es.

Herr Meier ist eine der wenigen Verbindungen zu meinem Freund, die noch existieren. Vor bald vier Jahren hat er neben seinem stummen Nicken zum Gruß ab und an schief gelächelt. Es hieß wohl »wird schon wieder«. Von Meier war das viel. Das und der Hinweis, dass ich froh sein könne, einen so schrägen Kerl wie meinen Freund los zu sein. Meier gehört zu den Menschen, die etwas Gutes über einen Menschen sagen, indem sie es in schlechte Witze verpacken. Im Frühling wird es wieder lauter unter meinem Balkon. Meiers Stimme kann ich mittlerweile herausfiltern. Spätestens dann, wenn ich meine Blumen zu viel gieße und es nach unten auf die Bierbänke tropft. Dann plärrt er »Herrschaftszeiten, dummes Ding!« Er mag mich. Sonst würde er mich »saudummes Stück« schimpfen. Solange Meier schweigt, nickt und plärrt, hängt eine zweite Stimme und ein zweites Lachen in der Luft und in den Rohren meines Hauses.

ACHTUNG, HEULENDE FRAU

Es ist ganz still um mich herum. An die Alltagsgeräusche, die aus den anderen Wohnungen und von der Straße bis zu mir klingen, habe ich mich längst so gewöhnt, dass ich sie kaum noch als Geräusche wahrnehme. Es ist still, aber viel zu laut. Noch in Mantel und Stiefel laufe ich ins Wohnzimmer, knipse im Vorbeigehen das Licht an und lasse mich mit Schal und Mütze auf das Sofa fallen. Meine Finger sind noch viel zu kalt, um den Stift anständig zu führen, und doch schreibe ich sofort los. Es ist still hier auf meinem Sofa und um mich herum. In meinem Kopf ist es nicht still. Er explodiert, und etwas brüllt mich an. Etwas, was ich eben aus dem Lift mit hier hereingeschleppt habe und was nicht hier sein sollte.

Morgens vor dem Kalender stehend, erlaube ich mir, die bereits vergangenen Tage zu zählen, weil ich begriffen habe, dass ich die Zahl sowieso nicht vergessen kann. Auch abends, wenn ich im Bett liege, habe ich mich daran gewöhnt, dass du für ein paar Minuten auftauchst. Es ist ja schön, dich noch bei mir zu haben. Aber nicht unvorbereitet. Du kannst nicht plötzlich im Lift neben mir stehen und mich von hinten umarmen. Man hält mich für völlig bekloppt, wenn ich zwischen Erdgeschoss und erstem Stock Vordergebäude in Tränen ausbreche, nur weil es plötzlich nach dir riecht. Runter mit Schal und Mütze. Es geht schon wieder. Ich wusste nur nicht mehr, wie du riechst. Jetzt weiß ich es wieder, und der Typ von ganz oben glaubt, dass ich nicht alle Tassen im Schrank habe. Er war es nicht. Ein anderer vor ihm muss dein Aftershave benutzt haben. Niemand sollte nach dir riechen. Nicht, seit mein Bad morgens nur noch nach mir riecht. Zu warm im Mantel, und die nassen Schuhe hinterlassen Flecken auf dem Teppich. Nun also auch noch im Lift. Ein fairer Tausch. Besser als im Büro der Kollegen. Seit einiger Zeit lasse ich die Finger von ihrem Kalender.

Ich bin gerade in den Keller gefahren. Dann nach ganz oben und wieder herunter zu mir. Dein Geruch in meinem Lift. Schön und abscheulich zugleich. Auf den Treppenhausstufen schreibt es sich schlecht. Ein bisschen kalt, und das Licht geht immer aus. Die Nachbarn denken sich ihren Teil. Es soll mir egal sein. Ich kann diesen Geruch nicht noch einmal mit reinnehmen, das wäre dumm. Stell dir nur vor, er hängt sich fest. Sieben von 86 400 Sekunden gehören dir. Mehr nicht. Eigentlich. Heute ein paar mehr. Ich fahre noch einmal in den Keller, um die Flaschen ins Altglas zu werfen. Und um zu schnuppern und dich zu riechen.

Liebe ist nichts für Anfänger. Sie haut dich auch dann noch um, wenn sie längst nicht mehr da ist. Im Treppenhaus hängt ein Zettel: »DHL-Päckchen vermisst . . . « Ich habe »Herzensmensch – auch vermisst« daruntergeschrieben. Und eine Warnung in den Lift geklebt. Herr Meier hat mich beobachtet.

Herr Mu gibt einen Sprachkurs

Langsam wird es kalt. Morgens an der Bushaltestelle spürt man den Herbst schon deutlich, und bald werde ich wieder auf die U-Bahn umsteigen. Dann, wenn Herr Mu morgens nicht mehr auf der Bank sitzt und sich einen anderen Ort sucht, um den Tag mit einem Gespräch zu beginnen. Noch sitzt er aber da, und der Wind scheint ihm nichts anhaben zu können. Die dünne Jacke ist offen, und seine Hand ruht still auf dem Griff des abgenutzten Einkaufswagens. Ob er ein Gutzel mag, fragte er heute Morgen den Jungen, der neu an der Bushaltestelle ist.

Obwohl er wohl gerade erst mit der Schule begonnen haben kann, setzt er sich jeden Morgen allein neben Herrn Mu und blickt konzentriert auf seine Schuhspitzen. Da gibt es nichts zu sehen, und das hat Herr Mu nach drei Wochen wohl auch erkannt. Wer neben Herrn Mu sitzt, wird früher oder später angesprochen. Heute der Kleine. Ein Gutzel verdirbt nicht den Magen, behauptet Herr Mu und hält dem Kleinen die Tüte mit Kräuterbonbons vor die Nase. Herr Mu kennt sich mit Menschen aus. Auch mit den kleinen. Die mag er besonders gern. Schade nur, dass den kleinen Menschen beigebracht werden muss, dass sie von Fremden nichts annehmen dürfen. Das hat man auch dem Lockenkopf beigebracht, denn er nimmt das Bonbon nicht. Man muss es ihm in einem anderen Land beigebracht haben, denn die dunklen Augen schauen recht unsicher, als er in gebrochenem Deutsch murmelt, die Sprache noch nicht gut zu sprechen. Ich vermute, dass sich Herr Mu auch damit auskennt, wie es ist, wenn man nicht verstanden wird. Er weiß, wie wichtig Integration ist. Schließlich integriert er sich selbst jeden Tag. Er nickt und holt eine Zeitung aus dem Einkaufswagen. Langsam faltet er sie auseinander und deutet auf die Schlagzeile. »Die Nackten von RTL« steht da in großen Buchstaben, und Herr Mu lacht. »Da schau, Nackerte«, lächelt er und stellt pantomimisch ein paar Brüste dar. »Nackerte«, wiederholt er. »Nackt, ohne Kleidung, gell?« Er zupft an seiner Jacke und stupst das Kind an. »Nackt«, wiederholt der Kleine und lächelt schüchtern. »Nackt«, bestätigt Herr Mu und nickt zufrieden. Der Sprachkurs von Herrn Mu bleibt nicht unbemerkt.

Ob er denn spinne, fragt eine ältere Frau und setzt sich auf die andere Seite des Kindes. Er kann ihm doch nicht so einen Schmarrn beibringen, schimpft sie und schüttelt missbilligend den Kopf. Herr Mu kann missbillig dreinblickende Frauen gut ignorieren, hört ihnen aber dennoch zu. Ernster zupft er an seiner Kleidung und benennt die einzelnen Stücke. Brav wiederholt der Kleine die Worte und wirkt dabei ganz konzentriert und ernst. Zu ernst für Herrn Mu, der gerade bei der Hose angelangt ist. Er grinst und greift in seine Tasche.

Ob der Kleine wisse, was er Feines in seiner Hose habe, will er wissen. Ein ganz ein leckeres Gutzerl habe er in der Hose. Ob das Kind das denn gerne möchte? Das Gutzel aus der Hose ... und dann merkt er selbst, wie verstörend das für einen Vorübereilenden klingen mag. Ganz ohne Sprachkurs und ganz ohne Erwähnung seiner Hose wird mir die Tüte hingehalten. Weil ich keine Bonbons mag, schüttle ich den Kopf, und Herr Mu stöhnt auf. Ob denn jetzt alle spinnen, fragt er. Warum denn keiner was nimmt, wenn es ihm angeboten wird. Die Bonbons sind mit Honig. Feine Kräuterbonbons mit Honig. Genau richtig für das Herbstwetter. Gut für den Hals, und wenn man's nicht gleich mag, dann soll man es doch einfach einstecken. Wenn einem schon was geschenkt wird, sagt Herr Mu.

Herr Mu hat Recht. Kräuterbonbons sollte man sich im Herbst unbedingt schenken lassen. Wir nehmen alle eines und freuen uns darüber. Der Kleine schaut unsicher zu mir, und ich nicke. Anscheinend darf man auch von fremden Frauen, wenn sie das Alter der Mutter haben, die Erlaubnis einholen. Wir lutschen zu viert an unserem Bonbon, und auch Herr Mu freut sich. Da werden wir schauen, wie gut der Honig und die Kräuter wirken, lacht er und verteilt großzügig die Reste seiner Tüte. Dann geht er. Der Bus hat Verspätung, und ohne Herrn Mu haben wir uns nichts mehr zu sagen. Nur die alte Frau murmelt vor sich hin, dass es ein Glück sei, dass er Gutzel verteilt und die Kinder nicht auffordert, mitzukommen, um seine Katze anzusehen. Aber so dumm, dass er ein Kind mit nach Hause nimmt, ist Herr Mu dann doch nicht. Es wäre vermutlich harmlos. So harmlos wie fast alles ist, wenn man nicht wüsste, dass es manchmal eben doch nicht harmlos ist. Wie soll ein Kleiner unterscheiden, ob etwas gut oder nicht gut ist? Er wird es lernen. Wird es lernen müssen.

Der kleine Junge ist übrigens Franzose, nicht, wie Herr Mu vermutete, ein Flüchtlingskind. Ich hörte ihn im Bus mit einem anderen reden. Am Harras gibt es eine französische Schule. Dort verteilt heute einer Kräuterbonbons mit Honig. Hoffentlich sagt er nicht, woher er sie hat. Aus Herrn Mus Hose . . . das würde missverstanden werden. Leider. Denn als ich ein Kind war, waren die besten Bonbons meistens in den Hosentaschen alter Männer zu finden. Harmlose alte Männer, die sich freuten, wenn sie einem Kind eine Freude machen konnten. Und immer waren sie besser als die von alten Frauen. Die schleppten sie schon zu viele Monate in den Tiefen ihrer Handtaschen mit sich herum.

Versöhnliche Schublade

Ich habe meinen Eltern in den letzten zwanzig Jahren nicht mehr offen ins Gesicht gesagt, wie enttäuscht ich von ihnen bin. Nicht, weil ich es nicht mehr bin, sondern weil ich den Grund der Enttäuschung an den meisten Tagen schlicht vergesse. Vermutlich auch, weil ich mittlerweile erwachsen bin und eigentlich doch nicht mehr enttäuscht bin. Es fällt mir aber sehr leicht, mich wieder daran zu erinnern. Dann schiebe ich die Unterlippe nach vorne, ziehe die Nase kraus und kaue zutiefst beleidigt auf meiner Oberlippe herum. Das sieht übrigens nicht so bescheuert aus, wie es klingt. Männer, die mich liebten und unabsichtlich enttäuschten oder beleidigten, attestierten mir, dass ich dann süß aussehe. Wie eine beleidigte Dreijährige. Das ich jetzt in diesem Moment so aussehe, ist die Schuld eines Freundes. Er erinnerte mich daran, dass ich schon wieder ganze sieben oder acht Jahre vergessen habe, enttäuscht zu sein.

Neben diesem Freund haben es meine Eltern zu verantworten, dass ich auf meiner Lippe knabbere und die Nase krausziehe. Die entschieden sich nämlich vor etwa dreiundzwanzig Jahren, umzuziehen. Angeblich störte sie das dunkle Wohnzimmer und das fensterlose Bad. Auch, dass jeder, der sein Fahrrad abstellte, einen guten Blick auf ihre Sofaecke hatte, missfiel ihnen. Ebenso wie der Ausblick auf einen betonierten Hinterhof, eine Tiefgarageneinfahrt und etwa 568 Fenster anderer Wohnungen. Unwichtige Kleinigkeiten. Meine Eltern hatten überhaupt keine Ahnung, in welchem Kleinod sie wohnten. Man konnte – wenn man den Schlüssel vergessen hatte – mit Hilfe eines Fahrrades, auf das man kletterte, leicht durch das Kinderzimmer in die Wohnung gelangen. Ist das nicht überaus praktisch? Schlüsseldienste sind doch so teuer. Man musste nur das Fenster angelehnt lassen, was ich tagsüber grundsätzlich tat und mich ärgerte, wenn mein Vater es schloss. Vor dem Schlafzimmerfenster nistete jedes Frühjahr ein Vogel, und in der Kneipe gegenüber bekam ich als Kind immer ein Eis geschenkt. Wenn das an Vorteilen noch nicht reicht, dann kann ich nur empfehlen, über den Hof auf die Dächer der angrenzenden Garagen zu klettern und sich wie der König des Innenhofes zu fühlen. Ich bin sicher, wenn meine Eltern das einmal in den Abendstunden getan hätten, wären sie nie auf eine so blöde Idee gekommen, aus Giesing wegzuziehen. Die Nähe zur Isar tauschten sie gegen den Blick auf ein Naturschutzgebiet. Also bitte. Versuchen Sie einmal, im Naturschutzgebiet zu grillen. Einen Balkon wollten sie haben. Wer braucht denn einen Balkon, wenn er sich auf die warme Dachpappe von Garagendächern legen kann? Meine Eltern zogen um, und ich wurde nicht gefragt. Man erinnerte mich vorsichtig daran, dass ich doch sowieso bald ausziehen würde. War ich über die

Umzugspläne schon wenig erfreut, war ich nach dieser Aussage so beleidigt, dass ich in Erwägung zog, zur Strafe erst mit Mitte dreißig auszuziehen.

Es gibt unzählige Gründe, warum ich es meinen Eltern noch heute übel nehme, dass sie die Wohnung meiner Kindheit fremden Menschen überlassen haben. Die oben aufgeführten gehören nicht dazu. Was mich noch heute traurig macht, hat einen anderen Grund. In der neuen Wohnung bin ich nur Besuch. Nur eine winzige Zeitspanne wohnte ich dort. Zu kurz, um je heimisch zu werden. In der Küche, zum Beispiel, kenne ich mich nicht aus und suche Töpfe, Pfannen und Untersetzer wie eine Fremde. Und am schlimmsten – die Krimskrams-Schublade fehlt. Die ist jetzt im Flur. IM FLUR! Sie war immer in der Küche, und glauben Sie mir, obwohl es nur eine kleine Schublade war, enthielt sie immer genau das, was man gerade suchte. Gummi, Tesafilm, Stift oder Streifenkarte für den Bus. Wenn man etwas suchte, dann war es in genau dieser Schublade. Legostein, Briefmarken, Schere – alles war dort. All die Dinge können unmöglich ständig dort aufbewahrt worden sein. Ich bin überzeugt davon, dass all der Kram sich immer erst dann dort manifestierte, wenn man die Schublade öffnete. Ich liebte diese Schublade. Die neue – im Flur – ist mir fremd. Da habe ich nichts zu suchen. Ich habe jetzt eine eigene, die übrigens schon immer, egal wo ich wohnte, im Flur ist. Meine darf das. Die meiner Eltern hat gefälligst in der Küche zu sein. Auf Kinderaugen-Höhe.

Erst gestern habe ich meine eigene Schublade geöffnet und festgestellt, dass ich meinen Eltern verzeihen kann – ich habe längst mein eigenes liebgewonnenes Sammelsurium. Unverzichtbar in meiner Kramschublade sind Zweitschlüssel für Wochenendbesucher und Wunderkerzen. Die brauche ich ... ich weiß nicht, wann ich sie brauchen werde, aber wenn, dann habe ich sie griffbereit. Ebenso wichtig ist das Feuerzeug mit dem Text »Ich weiß, dass du mich liebst«. Das schenkte mir einer, bei dem es unendlich wichtig war, dass er es wusste. Mein Adressbuch, das ich zum 13. Geburtstag geschenkt bekam, wird noch immer benutzt und enthält alle Menschen und Telefonnummern, die ich je kannte. Auch wichtig, der Aufkleber »BÄÄM!«. Ich weiß noch nicht, wann ich ihn brauchen werde, aber der Moment kommt bestimmt. Der Rest ist unspektakulär und in erster Linie nützlich. Außer von mir wird diese Schublade nur von zwei Menschen regelmäßig geöffnet. Ich weiß nicht, was sie darin suchen, aber meistens werden sie fündig. Umziehen werde ich übrigens nicht – ich habe Angst, im nächsten Flur keinen Platz für die Schublade zu haben. Und in die Küche kommt die mir nicht!

HARMLOS BESCHEUERT

An einem Samstagmorgen, an dem es nichts mehr zu
sagen gibt, was nicht schon gesagt wurde, müsse man
etwas Bescheuertes tun, um sich wieder zu erden. Mein
Nachbar Paul, der diese Meinung heute Morgen ver-
trat, war darin ganz gut. Ich jedenfalls fand es ziemlich
bescheuert, neben ihm auf einer Bank im Innenhof zu
sitzen und über seine Schulter auf das Display seines
Handys zu starren. Als er etwas von Duftmarken setzen
murmelte, wollte ich gehen. Ich setzte mich wieder, als
er aufsah, auf die Kinder am Spielplatz deutete und
mich bat, zu bleiben. Es hätte einen seltsamen Bei-
geschmack, wenn erwachsene Männer auf einer Bank
am Spielplatz säßen und kein Kind vorzuweisen hätten.
Mindestens eine Alibifrau sei nötig, um nicht unangenehm aufzufallen. Ich sparte mir den Kommentar, dass
ein Pokémon spielender Vierzigjähriger sich wohl keine
Gedanken mehr über seinen Ruf machen muss.

Neugierig war ich trotzdem. Paul war das erste Ex-
emplar dieser Spielergattung, das ich live sah. Bisher
hatte ich nur in der Zeitung davon gelesen. Ich deutete auf etwas Gelbes und erkundigte mich, was es sei.
Ein Grinsen war die Antwort. Deswegen seien wir hier.
Es war wirklich sehr bescheuert. So bescheuert wie alle
über fünfundzwanzig behaupteten, die ich in den letzten

Tagen in der U-Bahn darüber sprechen hörte. Bescheuert zu sein macht zu zweit mehr Spaß. Dank Pauls WLAN, das auch im Hof unter seinem Balkon wunderbar funktionierte, lud ich mir das bescheuerte Ding auch herunter. Unkommunikativ ist es. Total bescheuert, durch die Stadt zu rennen und nur auf sein Handy zu starren. Nichts bekommt man mehr mit, und überhaupt, eine richtige Zeitverschwendung, meinte Paul. Heute Morgen hätte er sich die App heruntergeladen, weil ihm nichts Blöderes einfiel. Mir auch nicht. Denn ich lief heute knapp fünfzehn Kilometer durch die Stadt und hielt nach komischen Figuren Ausschau. Um ehrlich zu sein, eigentlich nicht. Eigentlich waren die Pokémons nur eine willkommene Rechtfertigung, ohne jedes Ziel und ohne jeden Plan durch die Stadt zu laufen. Paul lief mit. Auch er hatte keinen Grund. Genauso wenig wie die vielen Leute, denen wir begegneten. Und wenn sie einen hatten, dann einen, der für jeden Erwachsenen bescheuert war. Unser Viertel ist gespickt mit Plätzen, an denen man, wenn man sich nähert, Nützliches für die Pokémonjagd erhält. In unserem Viertel stehen auch viele Bänke, auf denen meistens nur sehr alte Leute oder die Penner aus den Kneipen sitzen. Dank einer bescheuerten App saßen heute erstaunlich viele Menschen zwischen fünfundzwanzig und fünfundvierzig auf den Bänken. Normalerweise setzt man sich nur auf eine leere Bank und nur selten zu einem Fremden dazu. Heute war es anders. Paul hörte auf, nach Pokémons Ausschau zu halten, und zählte lieber die Erwachsenen die im Gehen plötzlich stehen blieben und schmunzelnd und verschämt zugleich ihr Handy in die Luft hielten und über das Display wischten.

Auf all diesen Bänken habe ich nicht einen Menschen gesehen, der sein Gespräch unterbrochen hätte, nur weil eines dieser Viecher auftauchte. Aber ich habe einige gesehen, die sich freundlich lächelnd dazugesetzt haben und nicht zur nächsten leeren Bank weitergegangen sind. Unnötig zu erwähnen, dass Teenager uns mit einem derart arroganten und überheblichen Blick abstraften, dass wir nicht versucht waren zu vergessen, wie bescheuert es eigentlich ist.

An manchen Tagen muss man etwas harmlos Bescheuertes machen, meinte Paul, und er hat Recht. Ich brauche sicher keine App, um mit offenen Augen durch die Stadt zu laufen, und ich werde weit öfter geradeaus als auf mein Handy blicken. Aber wenn ein bescheuertes Spiel dazu führt, dass man sich nebeneinander setzt und anlächelt, dann kann sie nicht so verkehrt sein. Und wenn man sich seine Stadt nach einem Tag wie gestern, nach dem Amoklauf wieder Schritt für Schritt zurückerobert, dann hat sie ihren Zweck erfüllt. Mehr kann man von einem Spiel als Erwachsener nicht erwarten. Für den Rest muss man selbst sorgen.

Das fragile Gleichgewicht von Kirschen – U-Bahn Gedanken

Sie steigen jeden Morgen an der Haltestelle Donnersberger Brücke ein und fahren bis zu den Siemenswerken. Ich stelle mir vor, dass sie beide im gleichen Unternehmen arbeiten und sich dort, vor vielen Jahren, auch kennengelernt haben. Damals hat man vielleicht beiden angesehen, dass sie frisch verliebt waren. Heute sieht man die Zuneigung nur noch ihr an. Jeden Morgen legt sie ihre Hand auf seinen Oberschenkel, und jeden Morgen schiebt er sie weg, noch bevor sich die Türen der Bahn geschlossen haben. Ihr Kopf lehnt jeden Morgen für einen kurzen Moment an seiner Schulter. Nicht einmal bis zur nächsten Haltestelle hält er es aus und reckt und räkelt sich so lange, bis sie sich wieder gerade hinsetzt und an ihm vorbei aus dem Fenster blickt. Sie sagt ihm etwas und oft reagiert er nicht einmal. Dann ist der Ausdruck in ihren Augen traurig, und er sieht es nicht, weil er die Zeitung liest, ohne aufzusehen.

»Einer liebt immer mehr«, hast du mir einmal gesagt. Die Liebe bei einem Paar ist nie gleichmäßig verteilt. Immer ist es einer, der mehr, und wenn es nur ein winziges Stück ist, als der andere liebt. Vielleicht verschiebt es sich mit der Zeit und die Aufteilung verändert sich, aber nur in den seltensten Fällen ist sie gleichmäßig verteilt. Die Liebe. Ich fragte dich, wie es bei uns ist und sah, wie das leichte Lachen, das deine Mundwinkel fast immer umspielte, verschwand. Jetzt, in diesem Moment, würdest du mich weniger als sonst lieben. Deine Liebe sei mit der letzten Kirsche, die ich mir in den Mund steckte, um 0,00005 Prozent gesunken. Es sei unverzeihlich, aus einer Schüssel mit nur zwanzig Kirschen – du hattest sie gezählt – fünfzehn zu essen und dem geliebten Mann, der fast dreißig Kilo mehr wog, nur eine Handvoll übrig zu lassen. Meine Wange lag auf deinem Bauch, in dessen Inneren sich noch keine einzige Kirsche befand, und ich überlegte, ob 0,00005 Prozent weniger Liebe verschmerzbar wären. Ich bin nicht gut in Mathematik, aber ich riskierte das Sinken deiner Liebe mit einer weiteren Kirsche. Ob du mich nun um 0,0001 Prozent weniger lieben würdest, wollte ich wissen, und das Lächeln erschien wieder in deinen Mundwinkeln. Nein, jetzt würdest du mich um ein ganzes halbes Prozent mehr lieben, weil du mutige und verfressene Frauen mochtest. Ein ganzes halbes Prozent mehr ist eine unglaubliche Steigerung, und ich erinnere mich, dass ich dir die letzte Kirsche in den Mund geschoben habe, um kein erneutes Absinken zu riskieren.

Die Intensität unserer Liebe variierte nur, wenn wir uns gegenseitig Kirschen oder die roten Gummibärchen wegfutterten. Wenn dich meine Hand auf deiner Brust störte, dann hast du sie genommen, kurz an deine Lippen gedrückt und erst dann zur Seite geschoben. Jeden

Abend vor dem Einschlafen. Weil meine Finger zuckten, wenn ich zu träumen begann, und dich das Kitzeln wieder weckte. Hättest du begonnen, sie einfach so zur Seite zu schieben – es hätte mich beunruhigt. Ich kann mir nicht vorstellen, dass die beiden, die täglich gemeinsam ein- und aussteigen, streiten können. Manchmal unterhalten sie sich, und wenn sie sich nicht einig sind, ist immer sie es, die irgendwann verstummt. »Wenn man sich liebt, kann man gut streiten« hast du irgendwann einmal gesagt und musstest nicht extra erwähnen, dass der nötige Respekt mit der Liebe einhergeht. Wir konnten uns gut streiten. Nicht oft, aber wenn es nötig war, dann konnten wir es. Eine ganze Nacht lang konnten wir diskutieren, ohne uns zu verletzen, und ohne die Angst, dass eine andere Meinung das Gleichgewicht der Zuneigung verschieben könnte. Das Paar in der Bahn kann es kaum. Man kann nicht streiten, wenn man Angst hat, dass durch ein falsches Wort das fragile Gerüst einer Beziehung ins Wanken gerät. Sie, die an der Donnersberger Brücke einsteigt, sieht aus, als hätte sie ständig Angst um ihre Beziehung.

»40 zu 60?«, frage ich dich in Gedanken und sehe dich nicken. Der Unterschied ist zu groß, würdest du sagen und sie nicht mehr beobachten, weil es Schöneres gibt. Vielleicht hast du Recht. Die Sonnenstrahlen brechen sich in den Blättern und werfen Schatten auf die Seiten meines Buches. Heute Abend kaufe ich mir Kirschen. Gerne würde ich sie mit dir teilen und vergesse fast auszusteigen, weil mir dein Schmunzeln so deutlich vor Augen ist. Ich würde sie nicht teilen, und du würdest es wissen. Bis auf eine würde ich alle selbst essen. Nur die letzte Kirsche gehört noch immer dir. Eine bleibt immer in der Schüssel zurück. Ein Absinken deiner Liebe riskiere ich auch post mortem nicht.

Morgens ist sie immer weg. Die letzte Kirsche.

Frau Gerbers Knie und ein Glasengel

Die Straße meiner Kindheit in München kennen Sie sicher nicht. Vielleicht waren Sie einmal in der Nähe, in den Isarauen oder sind auf dem Weg zum Tierpark an ihr vorbeigefahren. Eingebogen sind Sie in die kleine Straße aber sicher nicht. Es gibt nicht viel in dieser Straße. In die Straße meiner Kindheit geht und ging man nur, wenn man dort wohnte oder jemanden besuchen wollte. Mich zum Beispiel. Dann bog man ein und klingelte am ersten Haus an der Nummer 13 rechts bei Irsaj. Wenn es draußen kühler und die Tage kürzer wurden, dann konnte es aber sein, dass ich gar nicht zu Hause, sondern im Schreibwarenladen gegenüber war.

Der Laden gehörte Frau Gerber, die meine Eltern aber immer nur »die Gerber« nannten. Für mich als Kind wäre Frau Gerber eine Frau wie jede andere gewesen, hätte die Stimme meiner Mutter nicht immer einen leicht abschätzigen Tonfall angenommen, wenn sie von »der Gerber« sprach. Ich glaube, es lag an Frau Gerbers Schuhen. Seit Mama mich einmal darauf hinwies, dass die Gerber auf ihren hohen Absätzen eigentlich gar nicht laufen konnte und die Knie so seltsam nach vorne schob, dass die Hüfte nicht hinterherkam, machte ich mir Sorgen um Frau Gerbers Beine. Noch heute bemerke ich Frauen, die auf hohen Schuhen nicht laufen können, allein am Klang ihrer Absätze. Neue hohe Schuhe teste ich auf einer Straße mit Kopfsteinpflaster. Wenn ich nicht so klinge wie Frau Gerber, wenn sie durch die Straße meiner Kindheit stöckelte, dann passen die Schuhe und ich kann darin laufen.

In ihrem Laden hörte man Frau Gerbers Schuhe nicht. Da stand sie unbeweglich hinter dem Tresen. Der Laden war 47 Wochen im Jahr recht langweilig. Interessant wurde es nur, wenn man einmal im Jahr das Geschäft betrat und die Sachen für das neue Schuljahr kaufen durfte. Dann arbeitete meine Mutter eine lange Liste ab, und immer mehr bunte Utensilien breiteten sich vor mir aus. Schulhefte habe ich schon immer geliebt. Wenn sie neu waren. Das Papier noch ganz weich, die Seiten nicht verknittert und das Namensschild auf dem Einband noch unbeschriftet. Anfang September freute ich mich noch auf die Schule und vor allem auf die bunten Einbände. Geschichte war lila, Mathe rot und Deutsch hellblau. Ich neigte dazu, all meine Schulsachen binnen eines Monats einzusauen. Eselsohren, durchgestrichene Wörter und Honigflecken auf dem einst so schönen Papier. Aber am Tag des Einkaufens war alles noch neu. Und es gab so viel Neues in diesem Laden. Unzählige Stifte in allen Farben. Lineale, Zirkel, Geodreiecke und glitzernde Bleistifte. Glitzernde Stifte! Damit konnte man mich glücklich machen. Es gab auch einen Buntstift, dessen Mine alle Regenbogenfarben beinhaltete. Noch heute mag ich Schreibwarengeschäfte. Seit ich mir aber alles kaufen kann, ist der Zauber verflogen. Damals aber umkreiste ich wochenlang die Regale und musste lange sparen, bis mir Frau Gerber einen Stift auf den Tresen legte. Es kam selten vor.

Viel öfter war ich dort, um Bettbezüge abzugeben, weil der Laden auch Reinigungen anbot. Die in Papier gewickelten Pakete lagerten ganz oben über dem Tresen, und ich wunderte mich immer, wie schwer Bettlaken im Paket waren, wo sie im Bett doch so leicht verrutschen konnten. Nie bin ich einfach nur rein, um etwas abzuholen. Immer stand ich lange vor den Regalen und hätte eine Inventur aus dem Kopf machen können. Die Postkarten kannte ich alle und hatte auch jedes einzelne Geschenkpapier bereits einmal in Händen gehabt und vorsichtig ausgebreitet. Bastschnüre, die ich nie brauchte, fand ich besonders hübsch, und das bunte Tonpapier reizte mich immer, obwohl ich nicht gerne bastelte. Später wurden die Zeitungen interessant. Wenn Frau Gerber nach draußen zum Rauchen ging, blätterte ich die Schmuddel-Zeitungen durch und las die BRAVO, von der meine Mutter behauptete, dass ich zu jung für sie sei. Frau Gerber sah das anders. Ich durfte sogar einen Einmerker hineinlegen, wenn ich nach dem Supermarkt noch einmal kam und weiterlesen wollte. Und während ich stand und blätterte, kamen die Bewohner unserer Straße zum Ratschen. Ich stand still in der Ecke und hörte ihnen zu. Gespräche und Tratsch eines Münchner Viertels, die ich neugierig belauschte und meistens nicht wirklich verstand. Aber ich wusste, dass Frau Gerber einen Hausfreund hatte. Zu was so ein Hausfreund gut war, interessierte mich allerdings nicht.

Am schönsten war es aber in der Weihnachtszeit. Da hatte Frau Gerber immer eine alte, weißhaarige Aushilfe, deren Namen ich längst vergessen hatte. Bei der blieb ich stundenlang. Dort, wo Frau Gerber mich duldete, unterhielt sie sich mit mir. Ich war in einem glitzernden Wunderland und durfte alles anfassen und ansehen. Die alte Verkäuferin ließ mich die Weihnachtskarten aus dem Ständer holen, und wir breiteten sie gemeinsam auf dem Tresen aus und überlegten, für welchen Menschen welche Karte passen könnte. Auch den Christbaumschmuck durfte ich anfassen, und ich weiß noch heute, wie schön die Glasengel funkelten, wenn man sie gegen das Licht im Schaufenster hielt. Mit am schönsten war die Vorfreude, wieder in den Laden gehen zu dürfen. Oft saß ich am Küchenfenster und schaute nach draußen. Wenn es schon dunkel war und dicke Schneeflocken fielen, dann leuchtete auf der anderen Straßenseite Frau Gerbers Laden und strahlte einen Zauber aus, der ein kleines Mädchen sehr glücklich machte. Im Schaufenster stand ein kleiner Christbaum, und wenn ich den Kopf schief legte und die Augen zusammenkniff, dann funkelte er. Ich wartete, bis meiner Mutter die Zigaretten ausgingen. Dann durfte ich rüberlaufen. Meistens blieb ich, bis er schloss. Die Zigaretten Lord Extra hatte ich längst vergessen, wenn ich wieder nach Hause lief und mich noch einmal auf die Küchenbank setzte, um das Bäumchen funkeln zu sehen.

Brechendes Eis – U-Bahn-Gedanken

Ich muss noch klein gewesen sein, als ich den Klang von
zerbrechendem Eis das erste Mal gehört habe. Alt genug,
um allein mit meinen Freunden auf dem zugefrorenen
Weiher Schlittschuh zu laufen, und klein genug, um im
Blickfeld meiner Mutter bleiben zu müssen. Ich war
vielleicht fünf oder sechs Jahre alt, als ich hörte, wie
das Eis mit einem lauten Knacken einen Sprung bekam.
Wir standen an der einzigen tiefen Stelle des kleinen
Weihers, dort, wo das Eis in der Nähe des Wehres dünn
wurde. Es ist nichts passiert an diesem Nachmittag. Die
Erinnerung daran ist längst verblasst. Nur das Geräusch
brechenden Eises ist mir im Gedächtnis geblieben.

Man kann es nicht mit anderen Geräuschen verwech-
seln, wenn man es einmal gehört hat. Eis bricht anders
als Glas. Erst ist es nur ein leises Kratzen, das man
leicht überhören kann. Ein winziger, für das Auge un-
sichtbarer Sprung, der sich langsam über die Eisfläche
ausbreitet, bevor er zu einem Riss wird und urplötzlich
und überraschend laut mit einem klaren, dunklen Klir-
ren das Eis brechen lässt. Ich habe nie wieder gehört,
wie Eis bricht. Das Geräusch aber, das habe ich in
all den Jahren mehr als einmal gehört. Der Moment,
in dem eine Beziehung zerbricht, klingt ganz genauso.
Überhaupt: Beziehungen zerbrechen wie das Eis auf

einem gefrorenen See. Vielleicht weil denen, die für das Eis verantwortlich sind, der Atem fehlt, um auf das Frühjahr und den Tau zu warten. Vielleicht auch, weil sie im Winter feststecken und längst nicht mehr warten. So ein Beziehungssee verträgt schon mal eine Eisschicht. Sie kann ruhig ein paar Zentimeter dick sein. Dann trägt es wenigstens die, die darauf herumtrampeln. Sie können ruhig schreien und stampfen – solange sie nicht mit allzu scharfen Gegenständen auf das Eis einschlagen. Nur wenn es leise kratzt und knarrt, dann ist es meistens schon zu spät. Häufig säuft dann mindestens einer erst einmal ab.

Gerade eben hörte ich es. Das leise Knacksen. Die beiden auf dem Eis hörten es nicht. Sie saßen im warmen Waggon einer S-Bahn und wirkten auf mich, wie ein einbrechendes Paar. Das Knacken im Getriebe wurde schnell so laut, dass es auch die ältere Frau mir gegenüber hörte. Sie und ich hatten unsere Bücher auf dem Schoß liegen und blickten aus dem Fenster. Wohl wissend, dass man nicht lauschen darf, taten wir es trotzdem und hatten in der dunklen Scheibe einen guten Spiegel. Ich blickte auf ihre Hände. Wie hilflos Frauenhände wirken, wenn sie mit den Fingern eines Mannes spielen und diese nur unwillig zucken. Da kratzt eine am Eis, wird ganz wahnsinnig auf der Suche nach ein bisschen Wärme und scheitert am harschen »Was ist?« von dem, der seine Hände in den Manteltaschen in Sicherheit bringt.

Sie sitzen schon eine Weile in meinem Abteil. Sie spricht, er starrt aus dem Fenster der anderen Seite. Ab und zu nickt er. Aber nur dann, wenn er zu einem Nicken gezwungen wird. Ich kann mich nicht auf den Inhalt ihrer Worte konzentrieren, weil mein Blick an seinem abweisenden Hinterkopf festhängt. Ohne die beiden zu kennen, bin ich sicher, dass dieser Mann nicht nur einen schlechten Tag hat. Mit den Händen in den Manteltaschen wirkt er, als würde er frieren. Ich glaube, er tut es wirklich. Erzwungene Nähe wärmt nur schlecht. Sie redet, und er schweigt. Ich denke, dass sie doch einmal den Mund halten sollte. Vielleicht würde sie dann in seinem Schweigen hören, woran er krankt. Aber ich kenne es ja. Wenn das Eis bereits brüchig wird, dann fällt es einem schwer, still zu stehen. Hilflos wirft man sich auf den Bauch und beginnt, wild zu zappeln. Klammert sich an ein Hosenbein oder greift nach Händen, die in Taschen vergraben sind.

Sie stehen auf und gehen zur Tür. Als sie aussteigen, sehen die alte Dame und ich ihnen nach. An der Hackerbrücke hält die S-Bahn für einige Minuten, und wir beobachten das Paar jetzt unverhohlen. Sie sind draußen, wir sind drin und behalten sie im Blick. Jetzt spricht er. Was er sagt, höre ich nicht mehr. Ich sehe nur das krampfhafte Lächeln auf ihrem Gesicht, das langsam erlischt. Das Eis bricht in dem Moment, als er ihr den Rücken zudreht und langsam über den Bahnsteig aus meinem Blickfeld verschwindet. Sie bleibt zurück.

135

Im letzten Moment springt sie wieder in die S-Bahn und setzt sich. Es wird still in unserem Abteil. Die alte Frau riskiert ein vorsichtiges Lächeln. Es wird erwidert. Auch von mir. Es ist ein ungeplantes, vielleicht auch ungewolltes Lächeln, das wir uns im Feierabendchaos einer S-Bahn schenken. Wir kennen uns nicht. Und doch lächeln wir uns still an. Die eine, weil sie gerade absäuft und nicht losheulen möchte. Die anderen beiden, weil sie oft genug selbst eingebrochen sind und wissen, dass ein Lächeln jetzt wichtig ist. Auf brüchigem Eis steht man am Ende meist allein. Aber es tut gut, wenn die am Ufer wenigstens für einen Moment stehen bleiben und die Hände aus den Taschen nehmen.

FRANZ HAT JETZT WEICHE HÄNDE –
U-BAHN-GEDANKEN

Wenn es richtig ist, dass sich »Sie Arschloch« schwerer sagt als »Du Arschloch«, dann möchte ich nach der heutigen U-Bahnfahrt einigen Paaren die Rückkehr zur formellen Distanz ans Herz legen. Dem Paar hinter mir ist es wahrscheinlich egal, was ich denke. Mehr noch: Wenn ihnen schon scheißegal ist, was der Ehepartner denkt, dann dürfte ihnen meine Meinung zu ihrem lautstarken Streit vermutlich gleich doppelt scheißegal sein. Mir wäre es auch egal, würde ich nicht direkt neben ihnen stehen und würden mir ihre fäkalsprachlichen Ausgeburten nicht so ungefiltert um die Ohren fliegen.

Neben mir zankt sich nicht ein Teenager-Pärchen, das womöglich noch nicht zu streiten gelernt hat, sondern zwei Menschen, die, auch bei robuster Gesundheit, bereits in der zweiten Lebenshälfte angekommen sind. Sie schlagen sich verbal ins Gesicht, und die Härte ihrer Worte in meinem Rücken wird durch den Ellbogen der Keifenden an meiner Hüfte unangenehm verstärkt. Dankbar um das Schmunzeln eines älteren Mannes, der das Schauspiel interessiert und durchaus amüsiert verfolgt, versuche ich, ein kleines Stück abzurücken und das Ganze ebenfalls mit Humor zu nehmen.

Den älteren Mann kenne ich bereits aus der S-Bahn. Dort saß er mir gegenüber und versuchte trotz vergessener Brille, den Beipackzettel einer medizinischen Creme zu entziffern. Der Anteil an Harnstoffen machte ihm zu schaffen. Leise, aber laut genug erkundigte er sich bei seiner Frau, woraus man diesen denn gewinne. »Pipi«, war ihre lapidare Antwort, und er schüttelte sich übertrieben angeekelt. Feixend sinnierte er, dass sie dafür kein Geld hätten ausgeben müssen, davon hätte er reichlich. Ich erfuhr, dass er Franz heißt. »Franz!«, wies ihn seine Frau zurecht und konnte sich ein Lachen trotzdem nicht verkneifen. Ganz so genau mochte Franz es wohl doch nicht wissen. Er steckte den Zettel umständlich in die Tasche, schraubte die Creme auf und roch lange und leise schnaubend daran. Seine Frau kannte ihn wohl gut genug, um mahnend die Stirn zu runzeln, bevor er sie nötigte, ebenfalls daran zu riechen. Als er begann, sich probeweise ein wenig auf den Handrücken zu schmieren, legte sie ihre Zeitung zur Seite und flüsterte leise: »Des brauchst doch ned, des teure Zeug.« Franz hielt ihr zufrieden den Handrücken hin und murmelte, dass die Haut sich jetzt ganz weich anfühle. Schneckerl, wie er sie nennt, musste seine Hand befühlen. Beide lächelten, erst als sie sagte »Du alter Schönling, über achtzig und willst weiche Händ', du spinnst scho a bisserl«, da war er kurz eingeschnappt. Nur einen Moment, dann stupste er mir mit seinem Ellbogen leicht in die Seite und informierte mich, dass die Creme nicht riecht. Ich konnte es ihm bestätigen und bin einige Minuten später froh, ihn und sein Schneckerl in der U-Bahn wiederzutreffen.

Da sitzen zwei, die sich in ihrem Leben bestimmt schon reichlich gezankt haben. Man weiß nicht, wie oft sie in Küche oder Wohnzimmer gesessen und sich und ihre Zweisamkeit in Frage gestellt haben. Ohne sie zu kennen, meine ich zu wissen, dass sie das Streiten mit den Jahren wohl gelernt haben. So ganz ohne wird es all die Jahrzehnte nicht gegangen sein. Einen liebevollen Umgangston haben sie sich aber bewahrt. Der Umgangston zweier Menschen kommt in der S-Bahn oft ungefiltert ans Licht. Obwohl man sich eng und eingepfercht zwischen Fremden befindet, fühlt man sich in der Anonymität anscheinend unsicht- und unhörbar. Ein Eindruck, dem das streitende Paar in meinem Rücken kaum unterliegt. Die suchen die große Bühne, um sich unter Zeugen gehörig die Meinung zu geigen. Ohne mich umzudrehen, weiß ich, dass er ihren Arsch für zu fett hält. Vielleicht spielen die beiden ein Spiel. Gib mir Schimpfworte in alphabetischer Reihenfolge. Den Anfang habe ich verpasst, es beginnt beim H. Er nennt sie hysterische Heulsuse, sie kontert mit dem ignoranten Idioten. Ich verstehe die Regeln nicht, denn sie kehren zurück zum Anfang. Dem A und Arsch. Dem ihren, der zu fett ist, was er anmerkt, als es um das Abendessen geht, und dem Arsch in Person, wie sie ihn betitelt. Wie muss es um die Beziehung zweier Menschen bestellt sein, wenn »fetter Arsch« in der Öffentlichkeit fällt und so brutal und verletzend ausgesprochen wird? Franz stellt den Hintern pantomimisch mit seinen Händen dar, und obwohl er schmunzelt, ist ihm anzusehen, dass auch er längst gegen das Fremdschämen ankämpft.

Ich steige mit dem Schneckerl und Franz eine Station früher als gewöhnlich aus. Lieber Schneeregen, als mir diesen Schlagabtausch unter der Gürtellinie noch weiter anzuhören. An einem Abend, an dem das Niveau schon so tief gesunken ist, könnte ich mir auch gleich noch den Bachelor und seinen Harem auf RTL ansehen. Schlimmer kann es nicht mehr werden. Ich werde es nicht machen und lieber in die Badewanne gehen. Franz hat mich daran erinnert, dass Winterhaut gepflegt werden muss. Meine Creme, die ich anschließend benutzen werde, enthält kein Urea. Gut riechen tut sie trotzdem. Hinweise auf meine weiche Haut verkneife ich mir.

Es grüßt Sie Ihre Mitzi, die Sie auch bei leicht distanzierter Ansprache niemals als Arschloch bezeichnen würde.

OH WIE SCHÖN IST PANAMA – U-BAHN-GEDANKEN

Was hat Panama auf der Titelseite der Bild zu suchen? Mein Panama! Ich bin entrüstet. Mein Panama hat nichts auf diesem elenden Schundblatt zu suchen. »Unser Panama«, höre ich dich flüstern. Ich nicke und rutsche tiefer in die Polster der U-Bahn-Sitze. Panama und die Bild. Ein grausames Bild. Panama Papers – auf Englisch wird die blöde Picture auch nicht besser. Ich mache mich breit, raube dem Bildleser Platz, indem ich meine Tasche zwischen ihn und mich wuchte. Der hat auch keine Ahnung von Panama, der blöde Panama-Papers-Bild-Leser. Er sieht mich missmutig an, und ich funkle angriffslustig zurück. Ein Wort, und ich erzähl ihm etwas von Panama. Ihm und allen anderen, die da sitzen und keine Kopfschmerzen haben, weil sie nicht drei Gläser pappsüßen Prosecco direkt nach dem Mittagessen getrunken haben. Panama, Promille, Parkplatz ... plöder Pildleser.

Ich muss die Augen nicht schließen, um dein Schmunzeln vor Augen zu haben. Im Proseccodunst umspielt es auch meine Lippen. Ob ich will oder nicht. Wenn ich Panama lese oder höre, muss ich lächeln und an dich denken. Angriffslustig funkeln und missmutig Taschen durch die Gegend wuchten kann ich nebenbei. Du bist mir tausend Dinge. Eines davon ist Panama. Wir fuhren im Hochsommer nach Panama. Ganz zufällig, als wir nach einer langen Nacht mit Freunden nur noch nach Hause und ins Bett wollten, sind wir dort gestrandet. Dein Auto mochte ich nicht, weil ich fremde Autos, die noch keinen Kratzer und keine Delle haben, nur ungern fahre. Selbst als du mir sagtest, dass dir der schnelle Weg ins Bett durchaus einen Kratzer wert sei, stieg ich unsicher ein. Komm, fahr gegen den Randstein, hast du mich lachend aufgefordert, dann haben wir es hinter uns. Du warst betrunkener, als ich dich kannte, und es gefiel mir. In manchen Nächten schadet es nicht, betrunken zu sein, und deine Trunkenheit war angenehm ansteckend. Der Stadtteil war mir so fremd wie das Auto, und deine Hinweise »rechts« kamen mit Verspätung, wenn ich bereits links abbog. Trunkenes Lachen und ein Schulterzucken neben mir. Ich fuhr nach meinem Gefühl, von dem ich wusste, dass es mich nachts um drei kaum auf dem schnellsten Weg nach Hause bringen würde. Begleitet von deinem Lachen, gepaart mit Schluckauf. Ich höre es noch immer, sehe noch immer diesen blöden Stadtteil, in dem es nur Einbahnstraßen gab, und rieche die Mischung aus Frühling und Ledersitzen. Ich höre uns auch heute noch, obwohl ich in einer dummen U-Bahn sitze.

»Rechts!«

»Warum?«

»Wie, warum? Wir müssen rechts ... Mitz, rechts!«

»Sag's doch früher.«

»Hab' ich. Jetzt rechts ... rechts, nicht links!«

»Deut halt in die Richtung, dann seh' ich es.«

»Deuten?«

»Und jetzt?«

»Egal.«

»Haben wir aufgegeben?«

»Wir haben kapituliert. Ich angesichts deiner Orientierung, und du schon beim Einsteigen.«

»Okay, betrunkene Kapitulation.«

»Du auch?«

»Ja, von dir!«

»Nimm noch einen Schluck.«

»Und dann?«

»Dann fahren wir nach Panama. Weil Panama, sagt der kleine Bär, ist unser Traumland.«

Wir fuhren nicht direkt nach Panama. Wir fuhren zur nächsten Tankstelle und kauften uns ein Eis, zwei Bier und eine Tafel Schokolade. Dem verschlafenen Typen hinter dem Tresen erklärtest du, dass eine Flasche Bier reichen würde, um den Zwerg von Freundin auf das gleiche Level wie dich selbst zu bringen. Der Tankwart lachte nicht. Auch nicht, als du dich mehrfach nach dem kürzesten Weg nach Panama erkundigt hast. Ich lachte. Nicht nur wegen dem Bier, das schnell warm wurde und mir zu Kopf stieg. Ich lachte, weil wir sehr viel später mitten in der Nacht auf dem Parkplatz am Kolumbusplatz saßen und du meintest, dass wir Panama in dieser Nacht nicht mehr näher kommen würden.

Du erzähltest vom kleinen Bären, und ich sagte dir, dass mich ein anderer früher einmal so nannte. Ob das nicht schrecklich albern ist, wollte ich wissen. Du hast den Kopf geschüttelt, einen Moment nachgedacht und mich dann gefragt, ob ich ihn großer Bär nannte. Als ich nickte, sagtest du, dass das tatsächlich schrecklich albern, aber wenigstens konsequent ist. Du wolltest wissen, ob ich auch nach Panama gegangen bin. Wieder nickte ich, und du meintest, Panama sei ein großes Land. Da könne man ruhig öfter vorbeischauen. Panama schmeckt nach Bier und fühlt sich an wie Küssen mit Schluckauf.

Ich steige aus der U-Bahn aus, und niemand muss mir sagen, dass ich die Treppen nach oben und dann nach rechts muss. Panama liegt nur 500 Meter von der Haltestelle entfernt. Am Briefkasten steht etwas anderes, und andere Briefkästen stehen in Panama. Aber solange in meinem Kühlschrank eine Tafel Schokolade liegt, ist Panama bei mir. Dem Bildleser verrate ich es nicht. Der hat keine Ahnung von meinem Panama.

Betrogene Frau dank DHL

Die negativen Einflüsse des Onlineshoppings auf den stationären Einzelhandel sind hinlänglich bekannt. Über die verheerenden Auswirkungen auf das harmonische Zusammenspiel einer Hausgemeinschaft wird dagegen kaum berichtet. Wer noch nicht erlebt hat, in welches Chaos ein einzelner DHL-Bote ein ansonsten ruhiges Haus stoßen kann, der würde sich wundern. So viel sei vorweggenommen – seit Amazon bis kurz vor Weihnachten noch versandkostenfrei liefert, ist es mit der besinnlichen Adventszeit vorbei. Bis vor kurzem gab es in meinem häuslichen Umfeld zwei unerschütterliche Felsen, dank derer die stürmische Paketbrandung in Schach gehalten wurde. Hugo, den zuverlässigen DHL-Boten, und ein russisches Ehepaar aus dem zweiten Stock. Seit letztem Montag können wir uns auf beide nicht mehr verlassen, und es herrscht Anarchie.

Obwohl in meinem Haus kaum jemand behaupten kann, alle Nachbarn persönlich zu kennen, gibt es eine Wohnung, vor der wir alle schon einmal standen. Jeder kennt Herrn Iwanow und seine Frau, weil jeder schon einmal mit einem gelben Zettel vor ihrer Türe gestanden ist. Der im Elektroladen integrierte Paketshop hat seltsame Öffnungszeiten. Bei Iwanows ist immer geöffnet. Egal, wann man läutet, Herr oder Frau Iwanow öffnen

145

lächelnd die Tür und händigen die tagsüber gelieferten Pakete aus. Sie sind die gute Seele in unserem Haus. Dafür nehmen wir es auch gerne in Kauf, dass Herrn Iwanows Zigarren die gesamte vordere Hausfront in eine streng riechende Rauchwolke hüllen.

Seit Montag hängt an der Wohnungstür der Iwanows ein Zettel, auf dem »Wir haben keine Pakete. Gar keine« steht. Das ist ein Problem. Denn gerade jetzt erwartet fast jeder eine Lieferung, und bisher waren sie immer in besagter Wohnung zu finden. Hugo, der DHL-Bote lieferte sie zuverlässig in den zweiten Stock des Vorderhauses. Jetzt nicht mehr. Hugo streikt. Das bedeutet nicht, dass er seine Arbeit niedergelegt hat. Nein, er liefert die Pakete noch immer, aber er sagt uns nicht mehr, wohin. Auf den gelben Zetteln, die er stapelweise auf die Briefkästen legt, notierte er als Ort der Abholung boshaft nur noch »bei ihrem Nachbarn«. In meinem Haus gibt es viele Nachbarn.

Einer davon bin ich. Das dachte sich auch Paul, als er vor meiner Tür stand und sich nach drei bis fünf Paketen erkundigte, die er vermisste. Obwohl ich ihm erklärte, dass sie sich nicht bei mir befanden, verschwand er erst, nachdem er über meine Schulter in den Flur geblickt hatte. Pauls Pakete verschwanden schon einmal für zwei Wochen hinter meiner Tür, und seitdem misstraut er mir. Ich versprach ihm, dass ich – sofern ich eines annehmen würde – nicht in Urlaub fahren würde, und er trollte sich. Ich sah ihn noch bei Judith,

146

meiner Nachbarin, klingeln und hörte sie schon durch die Tür rufen, dass sie keine Pakete hätte. Den Satz hatte ich an diesem Tag bereits mehrfach gehört und selbst Gleiches einer Handvoll Nachbarn mitgeteilt.

Seit wir unsere Pakete suchen, ist unser Haus viel lebendiger. Jeder rennt von Tür zu Tür, und Menschen, die noch nie miteinander gesprochen haben, lernen sich kennen. Leider sind die Dialoge etwas eintönig, und die Laune der Suchenden sinkt im gleichen Maße wie die der Türöffnenden. Zurzeit macht es keinen Sinn, sich einen Film anzusehen. Im Rhythmus einer Viertelstunde steht zwischen sechs und neun Uhr ein Suchender vor der Türe. Ich versuchte es und wurde nach einer halben Stunde erneut von Paul gestört. Er brauche dieses verdammte Paket, teilte er mir mit und erkundigte sich, ob ich selbst denn überhaupt nichts vermisse. Kopfschüttelnd gab ich ihm eine Milchschnitte zur Stärkung mit und ließ ihn weitersuchen.

Ich vermisste nichts, weil ich nichts bestellt hatte. Gewollt hätte ich schon, aber ich traute mich nicht mehr. Ohne es sicher zu wissen, vermutete ich, dass Hugos Streik etwas mit mir zu tun hatte. Vor zwei Wochen klingelte er und teilte mir über die Sprechanlage mit, dass der »junge attraktive Mann von der DHL« da sei. Zu diesem Zeitpunkt wusste ich noch nicht, dass er Hugo heißt. Das erfuhr ich erst, als ich die Wohnungstür öffnete, ihn ansah und sagte, dass ich mir unter einem jungen, attraktiven Mann etwas anderes vorgestellt hätte. Er nahm es mit Humor, und am nächsten Tag steckte eine Paketkarte in meinem Briefkasten. Ich sei ja lustig, stand darauf, und ob man sich nicht einmal zum Essen verabreden möchte. Man mochte nicht. Hugo ist jetzt beleidigt. Nein, Hugo ist stinksauer. Ich weiß es von Paul. Der erwischte den DHL-Hugo gestern Nachmittag, als dieser seine unvollständig ausgefüllten Paketkarten auf die Briefkästen warf und stellte ihn zur Rede. Er könne sich bei der unverschämten Blonden aus dem zweiten Stock des Vorderhauses bedanken, teilte dieser ihm mit. Die arrogante Kuh – ich – würde Männer anflirten und sie dann abservieren.

Ich bin jetzt Pauls Freundin. Zumindest denkt das unser DHL-Bote. In seiner Verzweiflung angesichts der noch immer vermissten Pakete erhob mich Paul kurzerhand in diesen Status. Er versprach dem im Stolz gekränkten Hugo, mit mir ein Gespräch über das Flirten mit fremden Männern zu führen. Das erzählte er mir mit einem süffisanten Grinsen, bevor er mir eine Handvoll Walnüsse in die Hand drückte. Die seien von Herrn Meier von unten, dem er bei der Paketsuche ebenfalls begegnet sei. Herr Meier, der das Gespräch mit Hugo mitbekommen hatte, teilte ihm mit, dass ich eine etwas schwierige Person sei und wünschte Glück.

Vom Küchenfenster sah ich eben, dass Paul in seinem Wohnzimmer eine Frau umarmte. Der Schuft! Er wird es mir nachsehen, dass ich tatsächlich ein Paket von ihm im Flur stehen habe. Ich dachte, es wären meine

Christbaumkerzen, und habe es erst heute bemerkt. Da ich jetzt offiziell seine Freundin bin und er mich offensichtlich betrügt, geschieht es ihm ganz recht.

Pudriges Altrosa, und doch eine Enttäuschung – U-Bahn-Gedanken

Entschuldigen Sie bitte, dass ich Sie so anstarre. Ich merke, dass es Ihnen unangenehm ist. Wir kennen uns ja nicht, und in der U-Bahn lösen die aufdringlichen Blicke fremder Menschen schnell ein unangenehmes Gefühl aus. Auch ich mache Sie nervös. Schon vor einigen Minuten haben Sie Hemd und Krawatte auf mögliche Flecken überprüft. Ich kann Sie beruhigen, Ihr Hemd ist fleckenlos weiß, und auf der Krawatte kann ich keine Spuren Ihres Frühstücks erkennen. Ich sollte Sie wirklich nicht so anstarren, aber Ihre Krawatte ist so ausgesprochen hübsch, dass ich es doch tun muss.

Sie können es ja nicht wissen, aber ich habe ein Kleid in genau derselben Farbe. So ein hübsches pudriges Altrosa findet man nicht oft, und ich verliebte mich sofort. In die Farbe. Nicht in den Schnitt. Der war alltäglich, fast schon gewöhnlich. Aber Sie verstehen sicher, dass man einer solchen Farbe, einem solch herrlich ungewöhnlichen pudrigen Altrosa nicht widerstehen kann. Sie konnten es ja selbst nicht, wie Ihre Krawatte verrät. Ich will nicht behaupten, dass ich mich in Ihre Krawatte verlieben würde. Das wäre doch ein wenig albern. Aber erst durch deren Farbe sind Sie mir aufgefallen. Ich weiß natürlich, dass selbst ein noch so schönes pudriges Altrosa kein aufdringliches Starren rechtfertigt. Ein bisschen sind Sie aber selbst schuld. Sie tragen nicht nur einen Farbton, der mir schon letztes Jahr ans Herz gewachsen ist, Sie schmücken sich auch noch mit einem Kleidungsstück, das mit Tupfen verziert ist. Ich mag Tupfen und Punkte, müssen Sie wissen. Ä, Ö und Ü schreibe ich manchmal nur, um die zwei Punkte tupfen zu dürfen. Tupf, tupf. Ach, das ist manchmal das Schönste an einer langweiligen Nachricht. Meine Kollegen ahnen nicht einmal, wie lange ich manchmal für eine handgeschriebene Notiz brauche, nur weil ich nach Wörtern mit möglichst vielen Umlauten suche. Mittlerweile habe ich Übung darin. Aber das ist Ihnen sicher egal. Womöglich genauso egal wie die Tatsache, dass die Punkte auf Ihrer Krawatte einen Farbton haben, der meiner Haut auf der Innenseite der Unterarme im Winter ganz nahe kommt. Meinen Sie nicht auch, dass das Grund genug ist, sie ein wenig genauer anzusehen? Ich habe Sie ja sowieso schon nervös gemacht. Da kann ich mir auch den Rest von Ihnen ein wenig näher ansehen.

Ach Gott, nun sind Sie doch zur Enttäuschung geworden. Ein langweiliger Anzug. Ein nichtssagendes Gesicht, und noch dazu so unangenehm nervös, nur weil ich Sie ein wenig zu lange anblickte. Entschuldigen Sie die Umstände, aber Ihr angespanntes Lächeln kann ich nun wirklich nicht erwidern. Es ist nicht halb so schön wie die Tupfen auf Ihrer Krawatte und nicht annähernd so einzigartig wie der pudrige altrosa Farbton. Das mit uns wird nichts. Sie sehen es ja selbst, ich weiche Ihrem

Blick jetzt aus und halte die Luft an, bis ich aussteigen kann. Nur Ihretwegen. Denn Sie haben sich bewegt, und ich mag Ihr Rasierwasser nicht. Luftanhalten über drei Stationen wird schwer. Seien Sie doch so lieb und steigen Sie hier aus. Ach danke, das ist wirklich rücksichtsvoll.

Lassen Sie sich nicht von hübschen Krawatten täuschen. Fast hätte ich die von heute Morgen gebeten, mich und mein pudrig altrosa Kleid auszuführen. Es hätte nicht funktioniert.

HERR MU SAGT DANKE

»Wolln's a Gutzerl?«, fragt Herr Mu an der Bushaltestelle und lächelt mich freundlich an. »Sehr gerne«, sage
ich und setze mich auf den freien Platz neben ihm. Es
ist noch kalt, so früh morgens, aber neben Herrn Mu ist
es immer ein paar Grad wärmer. Drei Bonbons fischt er
aus seiner Hosentasche und drückt sie mir in die Hand.
»Auf einem Bein kann man nicht gut stehen«, sagt er
und verrät mir nicht, wofür das dritte steht. Im Winter
wollte ich wieder mit der U-Bahn fahren. Dann, wenn
Herr Mu nicht mehr an der Bushaltestelle sitzt. Weil
er aber noch immer jeden Morgen dort sitzt und seine
Gutzeln verteilt, nehme ich weiter den Bus. Ich hab' ihn
lieb, den Herrn Mu. Und weil ich ihn lieb habe, lasse
ich den Bus vorbeifahren und bleibe noch ein bisschen
bei ihm sitzen.

Er hat eine Katze. Eine Glückskatze. Die dreifarbige
Dame heißt Muschi, und obwohl ich es weiß, frage ich
ihn, ob es stimmt, dass Glückskatzen immer Weibchen
sind. Er nickt und schmunzelt. Das einzige Weib, das es
bei ihm aushält. Aushalten muss. Aber sie hat es gut,
die Muschi. Weihnachten hätten sie es sich gemütlich
gemacht. Mit seiner Rente von 1.300 Euro monatlich
kann man sich an den Feiertagen schon etwas Gutes
leisten, erzählt er und beschämt mich, weil ich die

Mieten in unserem Viertel kenne. Er braucht nicht viel, sagt er. Für ihn und die Katze reicht es für ein gutes Leben. Rehragout hat es am Heiligen Abend gegeben. Für ihn und auch für Muschi, weil sie gar so verschmust um seine Beine gestrichen sei.

»Jetzt ist es gleich schon wieder rum, das Jahr«, sagt Herr Mu und stellt erstaunt fest, dass das neue Jahrtausend bereits ins siebzehnte Jahr geht. Schnell ist es gegangen, meint er, und ich stimme ihm zu. Die Muschi ist nun auch schon fast ein Jahr bei ihm. Und er bei mir, denke ich mir leise und finde die Vorstellung, dass die beiden Rehragout gegessen haben, sehr schön. Ein gutes Jahr war es, sagt Herr Mu und ergänzt, dass ein jedes Jahr gut ist, weil es immer noch schlechter sein könnte. Man muss es halt nehmen, wie es kommt. Da hat er Recht, der Herr Mu. Man muss es nehmen, wie es kommt. »Was bringt es, sich vor morgen zu fürchten und gestern hinterherzujammern«, sinniert er und fasst in drei Minuten das zusammen, was lange Jahrhunderte vor ihm auch Aurel und Seneca schon feststellten. Es wundert mich nicht, dass Herr Mu kluge Dinge sagt. Er hat viel Zeit zu denken, und mit nur etwas Verstand kommen einem dabei nicht selten kluge Gedanken, und oft unterscheiden sie sich nicht von denen, die vor zweitausend Jahren schon einmal gedacht wurden. Furchtlos wollen wir bleiben, endet er, und wieder stimme ich ihm zu.

»Danke«, sagt Herr Mu, als der Bus kommt und ich aufstehe. Wofür, sagt er nicht. Wir geben uns die Hand und wünschen uns einen guten Rutsch. Ich danke ihm auch. Danke, Herr Mu. Danke für ein Jahr geteilter Lebensklugheit und Alltagsweisheit. Man kann sie lesen, die Philosophen. Die alten und die neuen. Man kann sich aber auch neben Herrn Mu setzen. Der Unterschied ist nicht sonderlich groß. Nur, dass es bei Herrn Mu wärmer ist und man eine Handvoll Bonbons aus seiner Hosentasche geschenkt bekommt. Am Fenster sitzend, sehe ich, wie eine andere Frau neben Herrn Mu Platz nimmt. Den Bus wollte sie nicht mehr unbedingt erwischen, scheint es. Warum auch? Wenn es doch noch reichlich Gutzeln in den Taschen von Herrn Mu gibt.

Nicht aussteigen –
U-Bahn-Gedanken

Das leise streitende Paar in der Straßenbahn sollte noch nicht aussteigen. Nicht, solange sie noch streiten, und nicht, solange nicht mindestens einer von ihnen wieder lächelt. Einer reicht, höre ich dich sagen und nicke. Natürlich reicht einer. Einem Lächelnden kann man schwerer böse sein, und ein Lächeln lässt Streitmauern immer ein kleines Stück bröckeln. Es erinnert mich daran, dass ich dir böse bin. Du hast Geburtstag und ich mag dich heute nicht. Ich empfinde es als Zumutung, an die Geburtstage von Menschen denken zu müssen, die nicht mehr hier sind, um ihn zu feiern. Wenn die Zahl der Geburtstage, die nicht mehr gemeinsam gefeiert werden können, die Zahl der Geburtstage, die man gemeinsam verbracht hat, übersteigen, dann wird das Datum scheußlich.

Man darf nicht aussteigen, solange nicht einer lächelt. Ich sehe in dein ausdrucksloses Gesicht und bleibe sitzen. Ich werde es sicher nicht sein. Ich werde nicht lächeln, nicht heute. Vor Jahren saßen wir in der gleichen Straßenbahn und hatten keine Lust zu lächeln. Gestritten hatten wir uns nicht. Wir stritten nie. Aber ab und an hatten wir verschiedene Meinungen. Wenn einer das Leben als Belastung empfindet und einer das Leben liebt, dann vergeht einem das Lächeln. Es sind schwer vereinbare Meinungen. Vor Jahren saßt du neben mir und hast einundfünfzig Stationen lang aus dem Fenster geschaut, ohne einen Ton zu sagen. Bei der zweiundfünfzigsten, als wir das dritte Mal am Krankenhaus vorbeifuhren, hast du gelächelt. »Essen« war das erste Wort seit Stunden und das Lächeln das erste des Tages.

Wir holten uns Pasta vom kleinsten und besten Italiener der Stadt und mussten sie mitnehmen, weil das Lokal früh schloss. Dein Lächeln war wieder verschwunden, und weil auch ich nicht lächeln mochte, konnten wir noch nicht nach Hause und mussten wieder in die Tram einsteigen. Ich erinnere mich daran, weil auch jetzt vor dem Fenster des Krankenhauses zu sehen ist und sich dein Bild im Fenster spiegelt. Auch meines ist darin, und weil wir nicht lächeln, muss ich weiterfahren. Drei Stationen später stiegen wir damals aus, und obwohl ich nicht lächeln wollte, musste ich, als du an eines der hellerleuchteten Fenster einer Erdgeschosswohnung klopftest. Wir bräuchten Gabeln für unsere Pasta, hast du der irritierten Frau am Fenster erklärt und dabei so umwerfend gelächelt, dass sie dir tatsächlich zwei Stück nach draußen reichte. Das Küchenfenster gibt es noch immer. Aber heute steht niemand darin, und ich habe auch die beiden Gabeln nicht dabei, die wir den Bewohnern noch immer schulden. Ich will nicht lächeln, aber ich muss, weil ich die Erinnerung mag und noch heute niemanden kenne, der wildfremden Leuten am Küchenfenster Besteck abschwatzen kann. Dir fiel so etwas leicht. Du bekamst sogar die Flasche Wein, um die du gebeten hast, durch ein anderes Fenster gereicht. Das angebotene Geld wollte niemand annehmen. Wahrscheinlich war es zu verrückt, dass einer abends auf der Straße steht und an ein fremdes Fenster klopft. Getrunken haben wir sie zwischen zwei Stationen auf einer Bank, nachdem ich dich, längst wieder lächelnd, davon abgehalten habe, in einen Vorgarten zu klettern, um an einem weiteren Fenster um Gläser zu bitten.

Allein klopfe ich an keine Fenster. Aber ich sehe gern hinein und mag es, wenn die Bewohner sich nicht hinter Vorhängen verstecken. Obwohl ich lächle, will ich nicht nach Hause. Dort hängt der Kalender mit deinem Geburtstag, und den will ich nicht sehen. Wir müssen aussteigen, sage ich dir. Es gibt ein Fenster, das ich dir zeigen möchte und bei dem wir nie gemeinsam waren, obwohl es das schönste Fenster überhaupt ist. Wir müssen den Bus nehmen, aber weit ist es nicht. Eine kleine Straße mit Kopfsteinpflaster und ein unscheinbares vierstöckiges Haus. Das unten rechts, neben der Eingangstür ist es. Es ist ein Küchenfenster. Du musst dir jetzt ein wärmeres Licht vorstellen. Kein Deckenlampenlicht, sondern Licht, das unter den Küchenschränken nur die Arbeitsflächen erhellt. Die Küche ist dunkelgrün, kannst du dir das vorstellen? Und der PVC-Boden dunkelrot. Natürlich läuft das Radio, und man hört leise das Wasser einer einlaufenden Badewanne. In der liegt mein Papa. Er ist Schlosser und badet jeden Abend.

161

Meine Mama schneidet Gemüse und hätte gerne mehr Licht. Aber ich mag es gemütlich lieber. Obwohl dort längst andere Menschen leben und die Küche sicher nicht mehr grün ist, musst du dir vorstellen, dass ich auf der Arbeitsfläche sitze und munter drauflosplappere. Das ist sicher leicht, ich plappere ja heute noch und sitze noch immer auf der Arbeitsfläche. Wollten wir klopfen, müssten wir ein Stück den Baum zwischen Küchen- und Schlafzimmerfenster hinaufklettern. Aber das ist leicht, ich habe es oft gemacht.

Jetzt können wir nach Hause. Heute nehme ich dich nicht mit. Wir würden uns nur an unseren unterschiedlichen Meinungen zerreiben. Ich werde mich mit einem Glas Wein auf die Arbeitsfläche der Küche setzen und das Licht ausmachen. Den Kalender mag ich ja nicht sehen. Ich sehe mir lieber die vielen hellerleuchteten Fenster im Innenhof an. In die haben wir oft gemeinsam geschaut. Und weil ich dich nicht mitnehme, habe ich das letzte Wort und widerspreche dir bei jedem Schluck. Das Leben ist keine Belastung. Das sind nur die, die so empfinden. Man muss die schlechten Tage eben aussitzen. Man kann ja dabei in fremde Fenster blicken und sich ein bisschen selbst leidtun.

»Alles Liebe zum Geburtstag«, sage ich dann doch, als du dich neben mich lehnst und die Lampe des Nachbarn als scheußlich bezeichnest.

LERNEN SIE ZU ERZÄHLEN ODER SCHWEIGEN SIE! – U-BAHN-GEDANKEN

Jeden Morgen steigt sie mit mir in den Bus. Die Frau, die gerne telefoniert, wenn andere zuhören. Die letzte Reihe ist ihre Bühne. Dort ist sie die Königin. Eine etwas zerrupfte Monarchin, die ihrem Volk gerne im Vorbeigehen den Schal oder die langen Haare ins Gesicht schleudert. Sie schleudert gerne. Erst die Haare, dann die Worte. Letztere brüllt sie in ihr Telefon und verdammt das Volk, ihr zuzuhören. Man kommt ihr nicht aus. Jeden Morgen ist sie es, die den ganzen Bus unterhält und einem gesichtslosen Zuhörer von ihren Amouresken berichtet. Leider gleichen ihre Erzählungen ihrem Äußeren. Eigentlich ganz hübsch, aber man darf nicht zu genau hinsehen oder -hören. Die dunkelbraunen Strähnen wirken unter dem Neonlicht des Busses etwas stumpf, und ein paar Bürstenstriche mehr hätten ihnen gutgetan. Auch ihr Schal, der einmal weich und flauschig war, sieht aus, als würde er jeden Abend achtlos auf einem nicht ganz sauberen Boden landen. Ihre Geschichten wirken ganz ähnlich auf mich. Sie wären hübsch anzuhören, wenn sie nur ein wenig gepflegter erzählt werden würden. Vielleicht würde es schon reichen, wenn sie jemandem erzählt werden würden, der sie hören möchte.

Es wird viel telefoniert in Bus und Bahn. Ich mag es eigentlich ganz gerne. Ein Dialog, bei dem ein Gesprächspartner verborgen bleibt, lässt viel Raum für Spekulationen und Gedanken. Manchmal ist es sogar schöner, wenn man nur eine Stimme hört und sich die andere vorstellen kann. Eine junge Frau, die ich schon oft sah, erzählte ihrer Mutter über viele Wochen jeden Abend von ihrem Tag. Sie hat sehr schön erzählt. Der leisen, ruhigen Stimme konnte ich lange zuhören, ohne mich gelangweilt oder gestört zu fühlen. Die Königin in der letzten Reihe stört mich. Ihre Stimme ist zu laut, und sie benutzt gerne Worte, die ich versuche zu vermeiden. Ich möchte nicht wissen, mit wem sie geschlafen hat. Das möchte ich überhaupt nur bei ganz wenigen wissen. Bei Menschen mit dreckigen Fingernägeln ausnahmslos nie. Ihre Stimme übertönt die Zeilen in meinem Buch, und ich beobachte meine Leidensgenossen. Man kennt sich. Aber nur von ihr wissen wir um die Vorlieben bei der Männerwahl. Ein wenig wahllos scheint sie zu sein. Die Namen, die sie nennt, wechseln, und ihre Dramen langweilen, weil sie so vorhersehbar sind. Amouresken müssen selbst erlebt oder mit großer Kunst erzählt werden, um nicht zu langweilen.

Auch sollten Streitgespräche zwischen Liebenden am Telefon beendet werden, bevor man in den Bus oder in die Bahn einsteigt. Es ist doch immer etwas bedrückend, wenn zwei sich anbrüllen und man unfreiwillig in die Streitarena gestoßen wird. Auch Mausi-Herzi-Liebchen-

Gesäusel wirkt unangenehm lächerlich, wenn Mausi nur durch ein ans Ohr gepresstes Telefon vertreten ist. Man will das Private genauso wenig hören, wie man bei Fremden auf der Bettkante sitzen möchte. Wenn ich mir all diese Erzählungen aber täglich anhören muss, dann möchte ich sie doch bitte auf etwas höherem Niveau berichtet bekommen. Wird sich gestritten, dann sollte man für die Zuhörer der umliegenden Sitzplätze eine kurze Zusammenfassung geben, bevor gegiftet und gekeift wird. Man könnte sich kurz hinstellen, erklären, was am Vorabend vorgefallen war, und dann erst damit beginnen, den Mann am anderen Ende der Leitung zur Minna zu machen. Womöglich gäbe es dann Szenenapplaus. Ich würde mich auch bereit erklären, Stellung zu beziehen, wenn man mir vor dem Telefonat erklären würde, warum die Partnerin eine dumme Schnalle ist.

Einem Großteil der telefonierenden Erzähler möchte ich das Telefon aus der Hand nehmen und ein Buch zum Üben hineinlegen. Unsere Königin bekäme »Von Paul zu Pedro« von Franziska Gräfin zu Reventlow zu lesen. Wie herrlich dort von Liebschaften und Männern berichtet wird. Auch hier kommt der Angesprochene nicht zu Wort, weil die Autorin Briefe schreibt. Zynisch, aber fein beobachtet und intensiv erlebt, wird von Liebschaften erzählt. Wie gerne würde ich morgens in der U-Bahn von einer Amoureske hören, deren Protagonist als elegante Begleitdogge tituliert wird. Ich würde mich sehr amüsieren. So aber höre ich von der Monarchin nur vom arroganten Arsch, der den Klodeckel nicht nach unten klappt. Also bitte, damit unterhält man doch nicht.

Wer in Bus und Bahn laut telefoniert, hat gefälligst etwas Interessantes zu erzählen oder zu schweigen. Lernen Sie zu erzählen oder halten Sie die Klappe, möchte ich ihnen mit auf den Weg geben. Für meine Königin habe ich 4,99 Euro investiert und werde ihr am Montag das dünne Büchlein der von Reventlow in die Hand drücken. Mit eben der Widmung: »Lernen Sie zu erzählen oder halten Sie die Klappe.« Und dann würde ich sie fragen, was sie eigentlich an Uwe findet. Peter hat für mich viel sympathischer geklungen. Das mit dem Klodeckel wird man ihm um Gottes willen doch beibringen können.

EIN ZIEL BRAUCHT ES –
U-BAHN-GEDANKEN

München mag ein Dorf sein, aber für Einsame kann es der gleiche grausame Ort sein wie jede andere Großstadt auch. Einsame sollten sich möglichst in der Einsamkeit vergraben. Da fällt es ihnen weniger auf, dass kein anderer da ist. Inmitten der tiefsten Einsamkeit lässt es sich gut behaupten, dass ein jeder an so einem Ort mit sich selbst zurechtkommen müsste. Meister der Einsamkeit können die ungewollte Stille dann zu etwas Schönem erhöhen und sind nach einer Weile nicht mehr einsam, sondern in eine angenehme Stille gebettet, in der sie niemand stört. In einer Stadt ist das fast unmöglich. Da steht und geht an jeder Ecke einer, mit dem man gleich nicht mehr einsam, sondern zweisam wäre. Der, der da geht, weiß das aber nicht und lässt einen vorbeieilend allein und einsamer als zuvor stehen.

Wenn man allein ist und die Grenze zur Einsamkeit schon erkennbar ist, dann muss man ein Ziel haben, um sich in all den Menschen nicht zu verlieren. An die Wichtigkeit eines Zieles glaube ich unbedingt. So sehr wie an die Schönheit der Ziellosigkeit. Ziellos schlendern ist ein Genuss, der Einsamen verwehrt bleibt. Allein kann man wohl schlendern, aber einsam wird es doch recht schnell ein trauriger Spaziergang. Der Mann, der mir in der Tram gegenübersitzt, weiß das ganz genau.

Als ich einstieg, sah er traurig aus dem Fenster in das novembergraue München. Novembergraue Tage im Oktober sind für Einsame besonders grausam. Da lächelt und wärmt nicht einmal die Sonne, und die Stadt wird hässlich. Die Tram ist voller Menschen, und doch ist es unmöglich, mit einem von ihnen Kontakt aufzunehmen. Der alte Mann hat es versucht. Die schönen, faltigen Hände fest auf den Knauf seines Stockes gepresst, hat er sich mehr als einmal umgeschaut. Den einen, der ihm gegenüber Platz genommen hat, hat er angelächelt, und der Frau, die mehr Platz als er braucht, hat er freundlich zugenickt und ist noch ein Stück zur Seite gerutscht, damit sie neben ihm Platz findet. Beide waren allein, aber nicht einsam. Allein hatten sie keine Lust zu reden. Nicht einmal lächeln wollten sie, und der alte Herr musste wieder aus dem Fenster schauen, damit seine Versuche nicht gar so traurig in der Luft hingen. Die Fahrgäste in dieser Linie wechseln schnell. Sie fährt quer durch die Stadt, und die Begegnungen sind kurz und ohne Nachhall. Wenn die Tram ruckelt, dann rutscht man auf den alten Holzbänken hin und her und rempelt den, der neben einem sitzt, an. Der alte Mann hat kein Glück, niemand reagiert auf sein Schmunzeln, nicht einmal die, die in der Kurve gegen seine Schulter geworfen wurde.

Ganz vorne sitzt einer, der es richtig gemacht hat. Auch er mit Stock, Mantel und Hut und zurechtgemacht für diesen Novemberausflug im Oktober. Die einsamsten alten Herren der Stadt sind immer ordentlich angezogen. Genauso wie die alten Damen, deren Schmuck sorgfältig ausgesucht ist und deren Schuhe immer ordentlich geputzt sind. Man weiß ja nicht, mit wem man ins Gespräch kommt, in einer so vollbesetzten U-Bahn oder eben in einer ruckeligen Tram. Man sieht ihnen an, dass sie es gerne würden. Ein bisschen reden. Etwas plaudern. Womöglich nur über das Wetter. Vielleicht aber auch über all das, was in der Welt passiert. Nur weil man niemanden mehr zum Reden hat, heißt das ja noch lange nicht, dass man nichts mehr zu sagen hätte. Es braucht Glück, um einen zu finden, der reden möchte. Ein Glück, auf das sie warten, ohne sich aufzudrängen. Und während sie warten, haben die, die sich mit der Einsamkeit bereits auskennen, einen Weg gefunden, es ein bisschen weniger zu sein. Die, die Glück haben, sitzen ganz vorne beim Schaffner und schimpfen mit ihm gemeinsam über den Verkehr. Der ältere Herr, den ich beobachte, sitzt in der Mitte. Er lächelt plötzlich ein Kind an. Es hält eine Tüte heiße Maronen in der Hand und wärmt sich die Hände. Ein kaum sichtbarer Ruck geht durch seinen Körper, und er lehnt sich zufrieden zurück. Zuvor hat er noch laut gesagt, dass es die besten Maronen am Sendlinger Tor gibt. Dort fährt er jetzt hin. Brauchen würde er sie nicht unbedingt. Und so kalt, dass man sich die Finger an der Tüte wärmen muss, ist es noch nicht. Aber ein Ziel, das braucht er. Denn jetzt sitzt er nicht mehr einsam in der Tram und

169

sitzt da nur, weil es daheim zu langweilig ist. Jetzt hat er ein Ziel. Ein Ziel und einen Grund wie jeder andere auch.

Man kann für die besten Maronen ruhig quer durch die Stadt fahren, wenn man Zeit hat. Man kann auch nach einem Gewitter am Vorabend am nächsten Tag prüfen, ob die Blumen auf dem Grab wirklich genug Wasser abbekommen haben. Und man kann für fünf Pralinen von Elly Seidl einen Weg von einer Stunde in Kauf nehmen, wenn man sonst nichts vorhat. Die Damen bei Elly Seidl wissen das. Da kommen viele für nur wenige Stück. Auch die Friedhöfe sind voll mit Menschen, die nur ein Ziel brauchten. Und die Biergärten sowieso. Wer weiß, wo er hinwill, dem steht die Einsamkeit nicht mehr ins Gesicht geschrieben.

Herr Meier muss gar nichts

»Ich muss gar nix!«, sagte Herr Meier Anfang der Woche und ließ sich mit einem Schnauben zurück auf die Bank vor der Kneipe meines Hauses fallen. Er wiederholte noch einige Male, dass er gar nix müsse und schnaubte unterstützend vor jedem Schluck Bier. Unser Hausmeister hätte sich denken können, dass Herr Meier auf ein »Sie müssen« nicht reagieren würde. Er kennt ihn lange genug, um zu wissen, dass man einen alten Grantler wie Herrn Meier nur mit psychologischer Finesse zu etwas bewegen kann. Leider interessiert sich unser Hausmeister nicht für Psychologie und steht Herrn Meier an schlechter Laune in nichts nach.

Er würde dem Meier gleich zeigen, was er alles müsse, schimpfte er, und ich vermutete, es ging einmal wieder um das alte Rad meines Nachbarn. Seit unser Haus eingerüstet ist, ist kein Platz mehr für die Räder, und alle Mieter schleppen sie in die Wohnungen oder stopfen sie in die überfüllten Keller. Alle, außer Herr Meier. Der kettet sein Rad direkt an das Gerüst. Das hätte er mit dem rumänischen Vorarbeiter so besprochen. Besprochen bedeutet bei Herrn Meier, dass er dem Rumänen ein Bier in die Hand drückte und etwas wie »das bleibt da« murmelte.

Das Rad ist jetzt seit fast vier Wochen direkt am Aufgang des Gerüstes angekettet. Damit auch alle Bewohner etwas davon haben, ragt das Hinterrad ein bisschen vor die Haustür, so dass man sein eigenes Rad nur mit mehrfachem Rangieren durch die Türe bekommt. Wir nehmen das gern in Kauf und nutzen dafür den Fahrradkorb von Herrn Meier als Entsorgungsstelle für unliebsame Werbesendungen. Ich finde das recht praktisch. Es entlastet die Altpapiertonne und schult mein räumliches Denken, wenn ich mein Rad durch die Tür bugsieren möchte. Unser Hausmeister scheint eine leere Tonne und bereits ausreichend räumliches Denken zu besitzen. Er verflucht das Fahrrad. Und Herrn Meier. Meine Nachbarin Judith ist geschickter im Umgang mit Männern. Sie ist in etwa so alt wie ich und hat reichlich Erfahrung in Männerpsychologie. Nicht, weil sie sich dafür interessiert, sondern weil es ohne schlicht nicht geht. Wir haben früh gelernt, unsere Väter um den Finger zu wickeln, haben uns an unseren Lehrern ausprobiert und die erste Prüfung mit dem ersten Freund abgelegt. Ab etwa 35 sind wir Expertinnen im Umgang mit Männern. Als Münchnerinnen besitzen wir die Zusatzqualifikation »Umgang mit schlecht gelaunten, grantigen und lautstark schimpfenden Männern«.

Judith kam erst letzte Woche aus dem Urlaub zurück und blieb mit ihren Koffern mehrfach am Hinterrad von Herrn Meier hängen. Schimpfen kann auch sie. »Der alte Depp soll sein Vorkriegs-Radl gefälligst wegschaffen«, hörte ich sie im Treppenhaus zu einer anderen Nachbarin sagen. Viel Glück wünschte diese, und ich ahnte, dass es hier nicht um Glück, sondern psychologische Finesse ging. Die hat Judith. Gestern früh packte sie ihre Tochter in ein Dirndl, steckte den Sohn in die Lederhosen und machte sich auf, um eine Runde über die Wiesn zu schlendern. Auf dem Rückweg setzte sie sich samt Kinder vor die Kneipe und neben Herrn Meier. Der bekam eine Tüte frische gebrannte Mandeln und ein Lebkuchenherz, auf dem »alter Grantler« stand. Sie erzählte mir, dass er da schon feuchte Augen hatte. Ein sanfter Stups in die alten Rippen, ein Lächeln und die Bitte, ihr mit dem Kinderwagen zu helfen. Der würde immer am Fahrrad hängen bleiben. Natürlich bat sie Herrn Meier nicht, das Rad wegzustellen.

Das Rad steht jetzt auf der anderen Seite. Direkt vor der Tür zum Backshop, der auch sonntags geöffnet hat. Ich blieb heute früh daran hängen, als ich mich zwischen den Tischen durchquetschte. Im Backshop arbeitet ein sehr freundlicher Vietnamese. Heute lächelte er nicht. Das Rad müsse weg, forderte er. Er hätte sowieso kaum Platz wegen des Gerüsts. Ich empfahl ihm, bis Mittag zu warten und Herrn Meier, der gegen elf sein erstes Bier vor der Kneipe trinken würde, dann eine Butterbreze vorbeizubringen. Einfach so. Dann ein bisschen über das schöne Wetter reden und am Rande erwähnen, dass sich der Inhaber vom Elektrogeschäft über das alte Rad lustig gemacht hätte. Ihm, dem Vietnamesen, gefiele aber eine solche alte deutsche Wertarbeit. Der Elektromensch hätte halt keine Ahnung. Ich bin überzeugt, dass Herrn Meiers Rad ab Montag den Eingang zum Elektroladen blockieren wird.

Und das ist gut so. Hätten die Inhaber letzte Woche mein Päckchen angenommen, anstatt mich darauf hinzuweisen, dass sie keine Postfiliale sind, hätte ich Herrn Nguyen etwas anderes empfohlen. Zum Beispiel einen Hinweis auf die zunehmenden Fahrraddiebstähle und den freien Platz auf der Terrasse der Kneipe gegeben. Vielleicht nächste Woche. Bis dahin grinsen uns Judith und ich im Treppenhaus an und freuen uns darüber, wie leicht es doch ist. Mit den alten, grantigen Männern.

Geschenkt – U-Bahn-Gedanken

Können Sie sich noch an Anna erinnern? Anna, die ich nie gesehen habe, deren Freund aber regelmäßig mit mir in der S-Bahn fährt. Die Anna, zu der vor einigen Monaten der Satz »Ich dich nicht« gesagt wurde. Es geht ihr gut. Anna. Zumindest glaube ich, dass es ihr gutgeht. Das Rauschen ihrer Stimme klingt fröhlich. Ich verstehe nicht, was sie sagt, weil ich neben ihrem Freund sitze und ihre Worte durch sein Handy nicht zu erkennen sind. Aber ich höre, dass die Wellen des Gesagten fröhlich klingen. Es freut mich, denn ich sorgte mich um sie. Ob das »Ich dich nicht« das Gegenstück zu einem »Ich dich auch« war, werde ich nicht erfahren, und ich möchte lieber nicht spekulieren. Lieber freue ich mich über Annas aufgeregte Stimme.

»Nur eine Kleinigkeit«, sagt ihr Freund, und ich riskiere einen kurzen Blick, um zu sehen ob sein Schmunzeln so verschmitzt ist, wie seine Stimme vermuten lässt. Das ist es, und wird es noch mehr, als er wiederholt, dass es nur eine Kleinigkeit sei. Die Kleinigkeit ist auf seinem Schoß und alles andere als klein. Zu gerne würde ich wissen, was sich in dem hübsch eingepackten Paket befindet. Überhaupt würde ich das gerne von fast allen Paketen wissen, die ich in diesen Tagen sehe. Ich habe hübsch eingepackte Geschenke sehr gerne. Mit einem

schönen Papier, einer seidigen Schleife und einer handge-
schriebenen Karte kann man mich glücklich machen. Oft
ist der Inhalt dann gar nicht mehr wichtig. Wichtig ist
mir nur, überhaupt etwas zu bekommen. Weihnachten
ohne Geschenke zum Beispiel ist für mich eine traurige
Vorstellung. Ein Bäumchen ohne Pakete darunter un-
vorstellbar. Nennen Sie mich ruhig materialistisch. Sie
haben ja Recht. Ich bestehe auf Geschenke. Und wenn
ich selbst keine bekomme, dann ist das längst nicht so
traurig wie keine verschenken zu können. Es muss ja
nichts Großes sein. Das Kleine reicht, um einen anderen
glücklich zu machen. Mit einem Schokoladennikolaus
geht das ganz leicht. Heute Morgen kaufte ich einen
besonders schönen und verfluchte den gesalzenen Preis,
den die Bäckerei dafür verlangte. Nicht lange, denn er
stand heute den ganzen Tag auf dem Tresen unserer
Empfangsdame, und sie erzählte ausnahmslos jedem, der
vorbeikam, dass dieser Nikolaus ihr geschenkt wurde.
Dabei lachte sie, und das Lachen unserer Empfangsdame ist so ansteckend und echt, dass sie damit die ganze
Firma zum Lächeln brachte.

Gerne würde ich wissen, ob die prall gefüllten Tüten
der jungen Mutter, die mir gegenübersitzt, ein ebenso
echtes und fröhliches Lächeln hervorrufen werden. Wenn
sie nicht mindestens drei Kinder hat, erscheint mir der
Einkauf ein wenig übertrieben. Aber was tut man nicht
alles für ein Lächeln. Bei den Großen sind prall gefüllte
Tüten meist nicht notwendig. Lieber etwas Kleines, da-

für aber gut Ausgesuchtes. Das alte Ehepaar am Fenster scheint das zu wissen. Sie hält in ihren Händen eine rote Blechdose, und er klebt kleine funkelnde Sterne darauf. Weil sie sich unterhalten haben, weiß ich, dass die Dose randvoll mit Vanillekipferln ist. Kipferln für den Sohn, weil dessen Frau gesagt hat, dass die von der Oma halt doch am besten schmecken. Ich vermute, dass diese Aussage für die alte Frau das schönste Geschenk war. Es musste nicht einmal verpackt werden. Eines meiner schönsten Weihnachtsgeschenke bestand aus einer leeren Schachtel. Die war so großartig eingepackt und hat mir so viel Freude bereitet, dass ich mich über die Leere kaum gewundert habe. Mein Freund lachte damals kopfschüttelnd und sah seinen Bruder triumphierend an. Er hätte ihm doch gesagt, dass ich wie eine Katze oder ein sehr kleines Kind sei. Die Verpackung würde reichen, um mich glücklich zu machen. Ganz so leicht zufrieden zu stellen bin ich natürlich nicht. Ich wusste, dass die Leere ganz viel Raum für ganz viel Ungesagtes und unendlich Wichtiges enthielt. Das, was mein Freund nicht in Worte verpacken konnte, hat er in die Schachtel gepackt. Ein ausgesprochen kluges Geschenk. Besser als das von einem, der mir eine sündteure Uhr schenkte und sich nicht daran erinnerte, dass ich Uhren am Handgelenk nicht ertrage. Es macht mich nervös und kribbelig, wenn ich der Zeit beim Verstreichen zusehen muss. Gefreut habe ich mich dennoch – auch sie war in einer herrlichen Schachtel. Er hat sie ein Jahr später bei Ebay verkauft, als sich unsere Wege trennten. Die Schachtel habe ich ihm nicht zurückgegeben.

Wie Anna wohl reagiert, wenn sie das Paket sieht? Ob sie genauso neugierig ist wie ich und ein verpacktes Geschenk genauso ungeduldig umkreist wie ich? Gerne nerve ich mein Umfeld mit Fragen nach dem Anfangsbuchstaben des Inhalts. Ob ich dieses Jahr etwas zu Weihnachten bekomme, weiß ich nicht. Der Klügste meiner Freunde, mit dem ich feiern werde, wird wie immer nichts dabeihaben. Das ist okay, denn er bringt mir den Geruch von Italien mit und hat eine Nacht voll Erzählungen im Gepäck. Damit wir doch etwas zum Auspacken haben, hebe ich das auf, was ich eben im Supermarkt geschenkt bekommen habe.

Es glitzert. Und es ist rotgolden. Ich denke, dass uns zwei Lindt-Pralinen zum Auspacken genügen werden. Die und die Geschenke, die ich für ihn besorgt habe. Der Inhalt gehört ihm, aber das Auspacken übernehme ich. Ich tu's ja so gerne. Anna bestimmt auch.

FRISCH GEWASCHENE TRÄUME

Paul, der wie Rhett Butler lächelt, wohnt im Hinterhaus. Will er in den Waschkeller, muss er erst ein halbes Stockwerk nach oben steigen, um ins Vorderhaus zu gelangen, und von dort drei Stockwerke nach unten in den Keller laufen. Ob ihn das nicht wahnsinnig macht, fragte ich ihn, als wir uns vor den Waschmaschinen trafen. Paul hatte schlechte Laune. Ich hätte sie auch gehabt, wenn ich wie er versucht hätte, altes, eingetrocknetes Waschpulver mit einem Wattestäbchen aus dem Einfüll-Schub zu kratzen. Ja, es mache ihn wahnsinnig, sagte er und meinte die Sauerei an der Maschine und nicht unser verschlungenes Treppenhaus. Anderen Menschen beim Arbeiten zuzusehen und sie dabei zu unterhalten, mache ich sehr gerne. Sehr schön ist es zum Beispiel, wenn im Sommer jemand Holz hackt und ich dabei zusehen und vor mich hinplappern kann. Jemand, der sich endlich erbarmt, die Waschmaschinen zu putzen, ist aber auch schön. Fast wäre mir an diesem Sonntag langweilig geworden, jetzt konnte ich Paul zusehen und hatte später eine saubere Maschine.

Obwohl ich eine sauberere Waschmaschine sehr zu schätzen weiß, reichte es nicht. Er müsse heute noch etwas Großartiges machen, bat ich ihn und setzte mich auf den Trockner. Er möge mich doch bitte überraschen, so wie es die anderen Bewohner des Hauses auch immer wieder machen. Das Wattestäbchen war hinüber und das Einfüll-Fach nicht bedeutend sauberer. Paul gab auf. Mit dem Putzen. Mit dem Überraschen fing er gar nicht erst an. Er sah mich nur schlecht gelaunt an und fragte mich, ob ich möglicherweise noch Restalkohol vom Samstag im Blut habe. Überraschen würden ihn die anderen Bewohner aber auch. Wie könnten sie so normal aussehen und eine solche Schweinerei in einem Einfüll-Fach für Waschmittel hinterlassen? Paul putzte wieder. Jetzt benutzte er einen alten Kindersocken, der seit drei Wochen vergessen auf dem Warmwasserrohr lag. Widerlich sei das, murmelte er und wusste nicht, dass ich weiter auf Großes und Erzählenswertes von ihm wartete. Von allein wurde es nichts, und da ich mir, mein Haus betreffend, nichts ausdenke, musste ich es selbst in die Hand nehmen. Rhett Butler, der eigentlich Paul heißt, ist einer der Protagonisten in meinem Büchlein, das ich zu schreiben gedachte – ob er will oder nicht. Es war an der Zeit, ihm das zu sagen. Weil Männer meiner Erfahrung nach besser zuhören können, wenn sie beschäftigt sind, reichte ich ihm den Bad-Putz-Lappen aus meinem Wäschekorb und entsorgte den bereits sehr mitgenommenen Kindersocken.

Ich werde meine Kurzgeschichten als kleines Büchlein zusammenfassen, erzählte ich ihm. Da er sie nicht kannte und nicht wusste, dass er einer der Protagonisten in meinen Alltagsgeschichten ist, gab ich ihm einen kurzen

Überblick über das, was ich so schreibe. Ich fing mit Herrn Meiers Wahlnüssen an, erzählte von der schlechten Laune von Frau Obst, den U-Bahn-Gedanken, dem, der nicht mehr war, und endete mit dem Text über ihn. Paul putzte, lächelt ab und zu und zog die Stirn in Falten, als es um ihn ging. Ob er das lesen könne, wollte er wissen. Nur, wenn er sich bereiterklärte, mein roter Faden zu sein. Das musste er, denn ich brauchte unbedingt einen roten Faden. Ohne etwas, das die ganzen Geschichten zusammenhielt, würde es nicht funktionieren. Paul überraschte mich nun doch, indem er es geschafft hatte, die Schweinerei recht ordentlich zu beseitigen. Jetzt saß er neben mir, auf dem zweiten Trockner, und hörte mir zu. Dass er dabei rauchte, störte mich nicht. Noch hatten wir keine saubere Wäsche, die den Geruch annehmen konnte. Am Ende schüttelte er den Kopf. Als roter Faden könne er nicht dienen. Dazu müsste ich ihm aufwendig eine Hintergrundgeschichte andichten, und er würde sich doch sehr unwohl fühlen, wenn ich ihn wie ein Stalker über Wochen beobachten würde, nur um den Faden beständig weiterzuspinnen. Nein, den roten Faden hätte ich doch schon. Nicht unbedingt rot, an diesem Sonntagmorgen eher blass und farblos, aber immerhin ein Faden. Jemand, der seit Jahren mit seinem toten Freund spricht, um nicht den Verstand zu verlieren, sei schräg genug, um als Geschichtenerzähler herzuhalten. Was solle er, der in der U-Bahn ja nicht neben mir sitzt, darüber zu sagen haben, und auch mit der Obst hätte er noch nie ein Wort gewechselt. Ich müsste schon selbst erzählen.

Sie ahnen es. Paul hatte den Säuberungsversuch in Wahrheit nach der Misshandlung der Kindersocke eingestellt und seine Wäsche fluchend trotzdem in die Maschine gestopft. Ich selbst hatte mich aber wirklich auf den Trockner gesetzt und über rote Fäden nachgedacht. Ein Traum sollte nicht nur gelebt, sondern auch verwirklicht werden. Mehr als schiefgehen konnte es nicht. Ein kleines Buch. Eine kleine Sammlung, und als roter Faden nur eine etwas seltsame Frau, die erzählt. Ohne Ziele sind Träume irgendwann farblos. Ich glaube, 2017 wäre ein gutes Jahr für einen kleinen Traum, und vielleicht auch für einen schönen Reinfall. 2018 kann ich über den dann auch wieder lachen. Sagen[1] Sie mir, was es geworden ist. Oder nein, sagen Sie es mir nicht. So kann ich hoffen, dass Sie ein wenig Freude an meinen Geschichten hatten.

Es grüßt Sie ganz herzlich,

Ihre Mitzi aus dem Vorderhaus, 2. Stock.

---

[1]Unter https://mitziirsaj.com/lesungen-print/ finden Sie die Seite zum Buch

ÜBER MITZI IRSAJ

Mitzi Irsaj ist eine Münchner Autorin, Bloggerin und leidenschaftliche Geschichtenerzählerin. Seit Anfang 2015 veröffentlicht sie ihre Erzählungen auf dem gleichnamigen Blog und liest regelmäßig im Rahmen der Lesereihe des Münchner Theaterensembles Südsehen (http://www.suedsehen.de).

- https://mitziirsaj.com
- https://mitziirsaj.com/lesungen-print/

Foto: Oliver Metzner